中公文庫

海軍こぼれ話

阿川弘之

中央公論新社

目次

海軍こぼれ話

こぼれ話の始まる話

鬼のおくびという男がいて、私が目下某文芸雑誌に連載中の長篇を、毎号丹念に読んでくれる。おくびの表現によれば、「雑誌が出るのを待ちかねるようにして、わくわくしながら」読む。

「それがどうした」

と言われても困るけど、物ごとには順序があり、何故それほど心わくわく読んでくれるか、順を追うて話さないと分らない。

おくびは同年輩の古い友人で、本業は編集者、頑固といやがらせを煮しめたような編集者である。学徒出陣の海軍中尉として復員後、出版界へ入り、壮年のころ某々文芸誌の編集長を十年つとめた。作家評論家にうるさいことばかり言って、「鬼」とけむたがられた。

「近ごろ通俗雑誌に通俗読みもの書きちらして生活費かせぎをしとるようじゃが、それで世の中すむと思うとるんか」

「あんたらの暮しのことなんか、わしは知らん。かりにも文士なら、ええもんさえ書けたら、あとはどこで野垂れ死《じに》しても構わん覚悟が要《い》る」

そんな覚悟なぞする気のなさそうな人気作家流行作家は、特殊な例外を除いて文士と認めず、おくびの執筆依頼者名簿からはずしてあった。私ども仲間は、仕方なしに、覚悟があるような顔をして見せていた。

しかし、それから長い年月が経って、鬼のおくびももはや、第一線の現役ではない。編集長時代の「鬼」ぶりを発揮出来る機会が少くなっている。そこへたまたま、他社の雑誌とはいえ、旧知の私が連載を始めた。いい鴨があらわれたと思ったかどうか知らないけれど、だから鉛筆なめなめ丹念に読んで、昔のことぞしのばるる、執筆の心構え、てにをはのはしばしまできついいやがらせを言うのが無上の楽しみなのである。読み了《お》えたら電話をかけて来る。

「春光うららァかな三浦半島でェも、敗戦後三年目の世相はァ未だけわしくゥ」

人の作品の一部、節をつけて朗読する時は、必ず文章に一《ひ》と文句ある時で、その声を聞いたとたん、私はいやァな気がする。

それでもさすがに、時々いいことを言ってくれる。私の長篇、井上成美《いのうえしげよし》提督の一生がテーマで、

「題材がもともと武張った題材なんだから、文章は武張らんようにした方がええ」

とか、

「尾崎一雄《おざきかずお》さんがよく、上に向って書けと言った。自分より下のもんに向けて書こうとすると、どうしても通俗な部分が出て来る。あんた、多少下向いて書いとる傾向がありゃせんか」

とか――、いいことを言ってくれると思えばこそ、いやァな気がするのを我慢して聞いているのに、某日突然、全く別の用件を持って鬼が私のところへ乗りこんで来た。

「うちで出しとる週刊誌に、随筆の連載をやってもらいたい」

事情はこれこれしかじか、場合によって気らくな読みものの書き下ろしでもよろしい。

「あんたも、井上成美一本では、生活が苦しいじゃろうし……」

そんな変な話があるかと思った。

「あのね、僕は毎月あんたの電話を聞いたあと、二、三日は気がめいって、原稿用紙見るのもいやになる。そこから立ち直って、一カ月分三十枚書くのに結局二週間かかる。気らくな書き下ろしなんか、出来るわけないでしょ。大体、野垂れ死の覚悟と言ってた人が、おかしいじゃないか。苦しくとも今の長篇一本にしぼって頑張れと励ましてくれるなら分るが、すじが通らないよ」

「いやいや、まあ聞きなさい」

鬼は昔の鬼ならず、今や二つの出版社の禄《ろく》を食《は》んで、色んな角度から物を見なくてはならぬ立場になっている。立場が変れば言うことが変る。

書き下ろし読みものの題として、「国を愛してどこが悪い」というのはどうじゃとか、教育勅語の徳目をタネに、左がかりのもの書きどもをからかってみたら面白いエッセイになりやせんかとか、色々プランを提示して見せた。

「いやだよ」

私は言った。

「そうでなくても、海軍のことなんか書いて、右翼みたいに思われてる。教育勅語だの『国を愛してどこが悪い』だの、ごめんだ」

「そうか。わしがこれだけ下手《したで》に出て頼んどるのにウンと言わんか。さすがじゃなあ。偉いなあ。……さすがじゃが、どうや、チョットだけ考え直してみたら」

鬼の猫撫で声というのは気味が悪い。猫撫での鬼攻めが、以後、いやがらせの合間合間に四カ月余にわたってつづいた。

おくびの郷里は紀州である。同郷の大先輩佐藤春夫《さとうはるお》先生の詩に曰《いわ》く、

「つぶら瞳の君ゆゑに
憂ひは青し空よりも」

おくびのギョロ眼といって、私たちの間では有名なのだが、本人は自分の眼のようなのをつぶら瞳というのだと、固く信じて疑わない。そのくらい思いこみが強くて、自信と押しが強い。思いこんだら、あとへ引かない。その点だけ、昔と同じだ。だんだん、根負けしそうになって来た。

「そりゃあ、強いて考えれば、海軍関係のこぼれ話なら、あることはある。長年、取材中に聞いてメモした話で、作品に使わなかったものがあるにはあるけど、それがしかし」

「オ」

おくびは乗り気になった。

おくびが海軍中尉であることを忘れていた。海軍生活を経験した者の多くがそうであるように、この鬼も、軍艦マーチを聞くと気分昂揚《こうよう》し、海軍の昔話になれば愛憎こもごも到ってギョロ眼を生き生きかがやかす。

「よし、それで行こう。決めた」――。

ふと口にした途端に決められてしまったと、翌日私は上野毛《かみのげ》の隠居にぼそぼそ訴えた。

「読者が迷惑するだろうなあ」

隠居は言った。

「その調子じゃ、いずれ俺のところへも何か持ちこんで来るぜ。困ったねえ。持ちこんで来られても、書くことなんか無いよ。あいつ早く、紀州へ帰って隠居してしまわないかな。

そっちも、海軍じじいが二人よがりでそんな随筆の連載なんか始めてみたって、担当の若い編集者は迷惑、読まされる若い読者も迷惑だと思うがね」

迷惑であろうとなかろうと、かくなった以上は止むを得ない。何がどうなるか、見当もつかないけれど、ともかく「出港用意」、ボイラーに火を入れてエンジン始動、斬り死の覚悟で走り出す。

青春の旅立ち

今からおよそ四十年前、鬼のおくびも私も、若い大学生であった。おくびは慶応の国文科で折口信夫《おりくちしのぶ》先生の薫陶《くんとう》を受けていた。私は東大の国文科で久松潜一《ひさまつせんいち》先生の——、御薫陶はあまり受けなかったけれど、漠然文学を志していた。

お互い未だ相手の存在を知らないのだが、思いもよらぬ月今宵《つきこよい》、やがてこういう学生たちの多くが、海軍士官の制服を着ることになる。

いわゆる海軍兵科予備学生、飛行科予備学生——、要するに戦時中の将校不足を補うための助ッ人士官である。助ッ人士官だが、この制服は当時の若者になかなか人気があった。二・二六事件あたりから以後、陸軍の無知横暴、大言壮語、泥くささにいや気がさしていた大学生が、きそって海軍を志願した。

採用が決ると、台湾とか旅順《りょじゅん》とかの訓練地へ連れて行かれて、猛烈な速成基礎教育が始まる。教育部長の訓示第一声が、

「ネイビーはスマートネスを以てモットーとする」

陸軍とちがい、敵性国語廃止などと野暮なことは言わなかったけれど、さりとてスマートにやさしく扱ってくれるわけではない。いずれ私どもの部下になるヴェテラン下士官教員が、海軍生活のイロハからきびしい手ほどきをやる。それを大尉クラスの兵学校出の教官がにらんでいる。

朝七時、「総員起し」のラッパで飛び起きて、服装をととのえ、ハンモックをきつくしばり上げて、ネッチングに格納して、顔を洗って、

「もたもたするな」

「ラッタルはかけ足」

「第一分隊よろし」

「第二分隊よろし」

怒声を浴びながら、練兵場号令台前へ集合整列するまで三分。

それから四十年の歳月が経った。

おくびは瀬戸内海でウロウロしていた小さな波《は》号潜水艦の上で、私は揚子江《ようすこう》のほとりの通信隊で、共に命永らえて終戦の日を迎え、もとの文学の道へ戻ったのだが、思い返すとあのきびしく苦しかった青春の日々がなつかしい。

「『愛と青春の旅だち』というアメリカ映画、見たか」

昔の同期生に聞かれた。そんな、背すじがムズムズしそうな題名の映画見てないと言ったら、

「是非見給え。われわれが台湾で下士官教員にきたえられていたころのことを、ありありと思い出す。僕は二度見た」

わが家の二男坊、二十一歳の大学生も、

「ああ、あれか。面白いよ。見て来たら」

とすすめる。

それで、渋谷の映画館へ見に行った。

甘ったるい変なタイトルをつけるから、拒絶反応を起していたのだが、もとの題名は「An Officer and a Gentleman」。時は現代、舞台は米国カリフォルニア州のアメリカ海軍航空士官訓練センター。

昔の私どものような大学出の若者たちが、海軍を志願して入隊して来る。女も一人混っている。待ち構えていた黒人の鬼兵曹が、その連中を十三週間にわたって徹底的にしごき上げきたえ上げる話だ。

「お前、どこの出身か」

「何？　聞えん。声が小さい」

「私の言うことが分ったか」

それに対し、士官候補生どもが、

「イエス、サー」

「ノー、サー」

「アンダストゥッド、サー」

直立不動の大声で答える。

殴りはしないが、泥水の中で気絶しそうになるまで腕立て伏せをやらせたり、その情景、往年の帝国海軍よりすさまじかった。

規律違反、懲罰、初めての外出許可。色恋沙汰もからんで、一々四十年前を思い出す。アメリカ人のくせに、女性のシーガー候補生を除いて全員が丸坊主にされている。戦時ではないので、とてもついて行けないと思えば任意除隊が認められるのだけれど、ほぼ全員が十三週間のこの猛訓練に耐え抜く。

やがて、卒業任官の日が訪れる。基礎教育はこれで終り、それぞれ各地の海軍航空隊へジェット・パイロット要員として実技講習を受けに散って行くのだが、この日を以て、訓練生と鬼教員の身分階級が逆転する。これも似ている。たいへんよく似ている。

まっ白な夏軍装に着替えた新任少尉たちが、一人一人、

「誰々少尉、お祝いを申し上げます」

「コングラチュレーションズ、アンサン、メイヨー、サー」

鬼兵曹にきりッとした挙手の礼で挨拶されて、訓練所の門を去って行く。

女少尉のシーガーは、思わずほろりとして、

「ありがとう。長々お世話になりました」

サーづけで礼を述べ、

「どうかもう、サーをつけないで下さい」

とたしなめられる。見ている方も、ついほろりとなる。何しろ、下士官教員に扮するルイス・ゴセット・ジュニアという黒人俳優が、迫真の名演技であった。この人は、確かこの映画でアカデミー助演賞か何かもらったはずである。

「どう？　面白かったでしょ」

帰宅した私に、大学生の息子が訊ねた。

「うん。面白かった」

しかし、あの映画の主人公たち、或《あるい》は四十年前の私たちに較《くら》べて、当家の若者には規律正しいところが全く無い。時間はルーズ、動作はもたもた、礼法作法めちゃくちゃ、ちゃんとした敬語も使えない。

「俺は面白かったけど、お前、あれがほんとに気に入ったのか」

「気に入ったって言うか……、何でヨオ」

「何でヨオじゃない。気に入ったかと聞かれたら『イエス、サー』、命ぜられたことには

『アイアイ、サー』、駄目な場合は『ノー、サー』、少しあの通りやってみろ」

息子は渋面をつくった。

「ヤバイかなって予感はあったんだ。アメリカの兵隊映画でも、海軍はまずいんだよなあ。悪いものをすすめちゃったよ」

なぜ負けた

慶応の塾長小泉信三《こいずみしんぞう》先生は、海軍にたいへん好意を持っておられた。令息の信吉《しんきち》さんも、少年時代から父親に輪をかけた海軍ファンであった。

この息子さんが戦死して、名著『海軍主計大尉小泉信吉』が生れるのだが、それより大分前の話——。

小泉塾長は、野球場で突然はげしい夕立ちになったような場合、学生たちがうろたえ騒ぐのを、かねて苦々しく思っていた。新聞紙を頭へのせて駈《か》け出したり、貴賓室《きひんしつ》の軒下へわっと逃げこんだり、

「たしなみのある人間のやることじゃない。雨に濡れたって死にゃあしない」

よくそう言っていたが、そのうち息子が大学を卒業し、二年現役の主計中尉として築地《つきじ》の海軍経理学校へ入る。制服の海軍士官は、雨の日でも傘をさすことを許されていない。外出中俄《にわか》雨にあったらどうするか。

信吉中尉が経理学校で教えられたのは、

「ゆっくり濡れて来い」

うんそうかそいつはいい、格段上だと、小泉先生、感心なさった。

そう言えば、私どもも、雨の街頭、帽子と短剣を押えて小走りに駈け出すというようなみっともない真似はしなかった。してはいけなかった。内心、あとの洗濯や靴磨きがたいへんだと気が気でなくても、

「オヤ、雨が降ってますかネ」

というようなしれッとした顔をして歩いていた。

「英国流の一種のダンディズムだと思うけどね。ああいうしつけ作法は、海軍、なかなか行きとどいていて立派だったよ」

信吉主計中尉と同じ年ごろに成人したわが家の長男に言ったことがある。にやッとして、息子は言い返した。

「そんなに立派だった海軍が、どうして戦争に負けたのサ」

なぜ負けた？

色んな人が色んな説を立てる。

「レーダーの開発に立ち遅れを取った。あれが痛かった」

「燃料。一番の問題は燃料。海軍は油で戦争するんです。燃料さえ充分あれば」

「暗号が盗まれてた。暗号を読まれてしまったらどうしようもない」

あたっていると言えば全部あたっている。もう少しとぼけたのになると、私の友人で宮崎出身の新聞記者、通称風来坊の金やんのように、

「小沢《おざわ》治三郎《じさぶろう》中将をもっと早く聯合《れんごう》艦隊の司令長官にしときゃよかったんです。小沢中将は宮崎です。宮崎の人間は優秀ですからねえ」

これにだって、三分の理はある。

敗戦の年、幣原《しではら》内閣の外務大臣吉田《よしだ》茂《しげる》がやはり、金やんなみのとぼけたことを言ってマッカーサーを煙に巻いている。

この冬、アメリカから食糧何千万トンとかの緊急輸入をしてもらわなくては餓死者が続出すると、日本政府はGHQに訴えつづけていたのだが、春になってみたら、その何分の一かの輸入で、別段餓え死した人もいなかった。少々頭へ来たマッカーサーは、吉田外務大臣を司令部へ呼びつけた。

「まるきり数字がちがうじゃないか」

吉田茂が、葉巻を吹かしながら平然として答えた。

「いや。わが国の統計がそんなに正確なら、今度の戦争に負けてませんよ」

だけど、笑い話ならともかく、レーダーがどう、燃料がどうと、片すみの議論をしてみたって始まらない。なぜ負けたかを言うなら、アメリカと戦争したから負けたのだと思う。

戦後十何年目かに、飛行機関係の技術者からこういう話を聞かされた。

「翼をもがれた零戦《れいせん》に、エンジンのこわれた零戦の翼をつぎ足して一機分仕立てようとするんですが、ボルトの穴が合わないんですよ。結局、二機ともこわれたままほったらかしとくより仕方がない。ところが、墜《おと》したB29の翼で実験してみると、別々の飛行機の部品が、寸分の狂いもなくピタッと合うんです。こりゃ駄目だ、とてもかなわんと思いましたね」

これ亦《また》片すみの議論のようだけど、ボルト・ナットの精密度は機械製作組立ての基本にかかわって来る。その種の技術から綜合《そうごう》した国富国力に至るまで日米格段の差があることは、海軍上層部責任者の多くが分っていた。

「アメリカといくさなんかしたら、日本は亡びるぞ」

と警告した海軍軍人は、山本《やまもと》五《い》十六《そろく》だけではない。にもかかわらず、陸軍に引きずられ右翼花ざかりの時代風潮に引きずられ、ずるずると対米戦争にのめりこんでしまった。

二千年前、孫子《そんし》が、

「勝兵ハ先ヅ勝チテ而《しか》ル後ニ戦ヒヲ求メ、敗兵ハ先ヅ戦ヒテ而ル後ニ勝《カチ》ヲ求ム」

と言っているのだが、「何とかなるだろう、とにかくやってみよう。あとのことはあとのことだ」ぐらいの気持であの大戦争を始めた、——としか考えられない。

井上成美が、開戦にゴーのサインを出した提督連中を「昭和の三等大将ども」と言って罵《ののし》る所以《ゆえん》である。国内クーデターが恐ろしくて、暗殺が心配で、はっきりノーの言えなかったアドミラルたち、それを思うと、海軍のしつけ教育がすばらしかったなどと、あんまり感心してはいられない。むろん、当時ぺーぺーの中尉さんだった私が、そういう認識を持っていたわけではないけれど。

ただ、敗戦後三十八年経って、甚《はなは》だ妙な現象が起っている。ボルト・ナットの精密技術でも、今、日本が世界一なのだそうだ。アメリカにすれば、どっちが勝ったんだか分らないことになってしまった。食糧の緊急援助なんかしてやって、あいつら立ち直らせるんじゃなかったと、そう思っているかも知れない。

某省の高級官僚で、日米経済会議の席上、啖呵《たんか》を切った人がいる。ああしろこうしろ、自粛しろときびしい要求に腹を立て、

「貿易問題であまり日本ばかりいじめてると、もう一ぺん真珠湾空襲をやるぞ。悪いけど、今や技術のレベルがちがう。今度やったら日本が勝つんだ」

御本人から直接聞いた話だから、嘘ではないだろう。

しかし、核兵器抜きで計算してみても、勝てますかねえ。意気は壮とするけれど、昔の陸軍さんなみの勇ましい発言は、どうか呉々《くれぐれ》も冗談の範囲にとどめておいてもらいたい。

カールビンソン

十月（昭和五十八年）の初め、アメリカの原子力空母「カールビンソン」が佐世保《させぼ》へ入港した時、テレビ出演の依頼をうけた。

「うちのスタッフが香港《ホンコン》へ飛んで、香港出港前のカールビンソンを、詳しくフィルムに収めて来ております。それを御覧になりながら、日米空母の比較など、色々お話し願えたらと思いまして……」

日米空母の比較論なんか、やる素養は無い。戦争中、残念ながら一度も艦隊勤務をしていない。それで、波《ハ》号潜水艦乗りの鬼のおくびにまで馬鹿にされている。しかし、航空母艦といえば、少年のころからある種の憧れは持っていた。

昭和七年、第一次の上海《シャンハイ》事変が起きた。この時、空母加賀が上海へ派遣され、艦載機を使って向うの飛行場爆撃に活躍した。当時加賀は、同型艦赤城、アメリカの「サラトガ」「レキシントン」と並んで、「世界空母のビッグ・フォア」と言われていた。

「仰げば雲のはて遠く」

という母艦航空隊の歌が出来、若い四家文子《よつやふみこ》がきれいな声でレコードに吹きこんで、大評判になり、小学生の私も、繰返し繰返しこのレコードを聞いた。

何たる軍国少年と思われるだろうが、それはあなた方が、敗戦後日教組の先生の立派な教育をうけられたせいで、五十年前の子供はちがう。今、ロシアの少年たちが、眼をかがやかせて、

「ああ、堂々のソ連赤軍艦隊」

アメリカの少年たちが、

「合衆国海軍すばらしい」

多分そう思っている、それと同じである。

余談になるけど、戦争が終って二十何年目かに、さる音楽会場で初めて四家文子女史と会った。すっかり肥って貫禄のある小母さんになっていた。

「昔、あなたがレコードに吹きこまれた空中艦隊の歌を愛唱したものです」

私が自己紹介をしたら、

「何のことでしょう」

「何のことでしょうって、『銀翼つらね轟々と』、あれですよ。『デッキに白く霜冴えて』、全部覚えてますがね」

「知りません。忘れました」

この女性歌手も、戦後、新しい教育をおうけ直しになったらしい。こういう人は、芸能人、画家、新聞記者、文士にたくさんいる。志賀直哉《しがなおや》流で「安ぶしん」と称する。ちょっと風向きが変ると家がガタつく。

さて、テレビ出演をともかく承知したものの、「カールビンソン」とは何のことか分らない。姉妹艦「ニミッツ」と同じく、米海軍の軍人の名前かと思って調べてみたが、そんな提督はいない。エンサイクロペディアの赤門堂に電話で問合せた。

「アメリカの議員の名前だよ。下院の軍事委員会で、長年海軍のために尽して、自分の名をつけた航空母艦の進水式に出席したあと間もなく、九十何歳かで死んだはずだ」

赤門堂は、小説家のくせに、軍事、経済、国際情勢、何でも知っている。われわれ仲間の中で、例外に属する変てこな物識《ものし》りである。へえと、感心した。

日本の海上自衛隊が、新しい護衛艦を「中曽根康弘《なかそねやすひろ》」と命名することなぞ、絶対あり得ない。海上自衛隊だけでなく、戦前の海軍が、その点たいへん控え目でさっぱりしていた。戦艦「東郷平八郎《とうごうへいはちろう》」、航空母艦「山本五十六」、そんなものは一隻もいなかった。勇ましげな艦名をつけるのすら嫌った。

フランスの空母「クレマンソー」、英国の「グローリアス」、戦艦「キング・ジョージ五世」「ドレッドノート」、帝政ロシア海軍の「ニェ・トローニ・メニャー」、清国の艦隊で

「定遠」「鎮遠」「揚武」「超勇」、偉人の名前、勇ましい名前を持った軍艦が、外国には多い。「ニェ・トローニ・メニャー」は、「我に触《ふ》る者は死せん」の意味だそうだ。「ドレッドノート」は「超弩級《ちょうどきゅう》」という日本語に化けて、「ものすごく強い奴」の意味で今も使われているが、この「弩」は本来二十世紀はじめに出来た英国の強大艦の名前、つまり「弩」号、したがって超弩級とは、これを上廻るスーパー・ドレッドノート・クラスの戦艦のことである。

日本と来たら、古い軍艦で吉野、龍田、須磨、明石、源氏物語絵巻みたいな気がする。原則として戦艦は国の名、巡洋戦艦一等巡洋艦が山の名、二等巡洋艦は河川名、一番優雅な艦名のついていたのが、海の狼の駆逐艦で、天象、気象、植物の名。吹雪とか夕霧とか、時雨《しぐれ》、菫《すみれ》、椿、雪風、涼波《すずなみ》——、戦争末期、春月、宵月、夏月、花月が次々進水したころ、

「何だ、待合の名前ばかりつけやがって」

と言った人があった。

カールビンソンは Carl Vinson と、赤門堂にスペルまで教えてもらって、スタジオへ出かけて行ったら、青木日出雄《あおきひでお》さんが来ていた。こちらは専門家で、むやみやたらと詳しい。したがって私は、何もしゃべることが無い。女性アナウンサーが、

「カールビンソンの艦長は、アナポリスの士官学校を卒業後……」

と言うから、

「海軍では、士官学校と言いません。兵学校です」

いやがらせ半分訂正した程度で、あとはもっぱら、画面に写し出される「カールビンソン」を眺めていた。よくここまで、細部の撮影を許したものだと思う。何とかかんとか言っても、アメリカは開かれた国である。外国の報道陣に、虎の子空母のテレビ収録なぞ、天地がひっくり返ったって許可しそうもないソ連が、平和と自由の愛好国で、アメリカは侵略者だという先生方のお説が、私にはよく分からない。

とは言うものの、見ているとちと癪《しゃく》な感じがする。世界でもっとも早く航空母艦を開発したのは、英国海軍と日本海軍、アメリカは三番目であった。大正十一年就役の「鳳翔《ほうしょう》」が、空母として設計建造された世界最初の軍艦になった。英国が、日本より先に空母を保有していたけれど、他艦種からの設計変更艦である。

第二次大戦中、世界最大の航空母艦も、日本の信濃《しなの》。ただし、完成して数日後、潮岬《しおのみさき》沖でアメリカの潜水艦にやられて沈んでしまった。

今の海上自衛隊に、空母はいない。造る計画も無い。それに引きかえ、アメリカ海軍は空母の花ざかり。わずか六十年で、世界の気色はずいぶん変るものだと思う。だから日本も再び航空母艦を持つべきだと、私が考えているわけではない。大体、あと六十年しないうちに、航空母艦なるもの自体が、世界の海から姿を消してしまうのではないかという気がしている。

仰ぐ誉れの軍艦旗

　十年ほど前、調べ物の厄介な長い仕事を始める時、聖心女子大出の若いお嬢さんに、資料整理係として来てもらうことにした。紹介してくれたのは町田の狸先生、別名町田の大家さんである。

「気立てのええ子やし、美人やし、頭の廻転も早いし……」

それは確かにそうであった。ただ、このお嬢さんが海軍のことを何ンにも御存じない。

　横須賀の海上自衛隊見学に連れて行ったら、

「おふねの後の方に上ってる、朝日新聞の旗みたいなの、あれ、何でございますか」

と言う。

　どうでもいいけどネ、釣舟でも雇って浦賀水道へ出てごらん。各国の貨物船が列を成して航行している。そこへ、あの旗をかかげた日本の護衛艦が通りかかれば、出入港の外国船舶は、船尾の国旗を下ろして敬礼する。何万トンの大コンテナー船であろうと、ちゃんとした国の船なら、海上自衛隊の小さな護衛艦に対して、必ず敬礼します。それが洋上の国際儀礼です。君、英語はよく出来るんだろ。ensign という言葉、知ってるね。こちらが ensign ——、軍艦旗を上げてるからだよ。朝日新聞の旗とはどうもねえ。

「申し訳ありません」

「海上自衛隊も、もはや兵学校出身者の数が少くなってしまったが……」

言いかけて私は、

「兵学校というの、分るんだろうナ」

と念を押した。

「分る、——ような気がいたします」

「誰を教育した学校ですか」

「誰と申しますと、あのウ、海軍兵学校でございますから、やはり水兵さんやなんかを……」

二年後、彼女は外務省の人と話がまとまって、結婚することになった。町田の大家も私も、披露宴に招かれた。大家さんが、用意して来た祝辞を読み上げた。

「タア子さん、僕はあなたが優秀な青年外交官のもとへ嫁がれると聞いた時、日本国の将来を思って、一時暗澹《あんたん》たる気持になりましたが」

暗澹としてみても、どうしようも無いし、彼女たちの責任ではない。うちのお嬢さんアシスタントが軍艦旗を知らなかったのも、空母「カールビンソン」の番組を担当した女性アナウンサーに、士官学校と兵学校の区別がつかなかったのも、すべて教育の成果である。

この人たちの世代は、高校で日本史の勉強をする際、日本の軍隊は悪なり、日本陸海軍のことなんか全部忘れましょうと、この間まで存在したものを、よってたかって棚上げされてしまった。「悪」を批判するにも、まず知らねばなるまいが、知らなくていいことに、みんなでしてしまった。

私の手もとの昭和三十六年版八巻本『国民百科事典』を見ると、幕末以来八十年の日本海軍の歴史は、「海軍」という項目の尻の方に、原稿用紙にしてほんの一枚半ほど書いてあるだけだ。軍艦旗や海軍兵学校については、一切記述が無い。

ところが、負けた帝国海軍、案外人気があって、劇化映画化すると商売になる。ただし、「何ンにも御存じない」人が作るものだから、しばしば変なせりふが出て来る。

「艦長殿、軍艦旗は自分が死守いたします」

海軍では、上官に「殿」をつけなかった。三等水兵が聯合艦隊司令長官に呼びかける時でも、ただ「長官」でよかった。軍艦旗も、「死守」する必要はなかった。

陸軍の軍旗、いわゆる聯隊《れんたい》旗は、もし敵に奪われたら切腹もので、戦場の兵士たちは聯隊旗手を中心にこれを死守する。平素は、虫が食ってボロボロ、紫の総《ふさ》だけになったのを、桐の箱へ入れて、各聯隊が大事に保管していた。

みなさん、戦争映画で、ボロボロに裂けた悲壮な感じの軍艦旗を見たことがありますか。無いでしょう。あれは、いつでも新しくきれいなかたちをしている。つまり備品だから、破れたりよごれたりしたら取替える。外国の商船が敬礼するからといって、旗自体が神聖なわけではない。ただの旗章である。

戦争中、佐藤春夫先生が、

「三好《みよし》達治《たつじ》君は菊の花を作ってるそうだね」

と仰有《おっしゃ》った。

「はあ、三好さんが菊作りをしてますか」

「だって、『みよしに菊を戴いて』とみんな言ってるじゃないか」

当時流行の「太平洋行進曲」にひっかけた洒落《しゃれ》だったが、「みよしに菊を戴いて」の前の歌詞は、

「仰ぐ誉れの軍艦旗」

これを聞くと、海軍の飯を食った者は多少変な気がする。今マストに上っているあの旗が、特に由緒ある誉れの旗というわけではないがナと思う。

軍旗軍艦旗に対する陸海軍の観念、取扱い方のちがいは、片方が陛下より下賜されたもの、一方はそうでないところから来ているのだけれど、もう一つ根本に、陸軍と海軍の気質のちがいが認められるのではないだろうか。

実は、一事が万事そうであった。私どもが中学生高校生のころは、学校に陸軍の配属将校がいて、教練の時間というものがあって、三日にあげず、鉄砲かついでオイチニの稽古《けいこ》をやらされた。その小銃に、銃口蓋と称する真鍮のキャップがついている。ゴミが入らないようにするのと、照星に傷がつかないようにするための部品だが、これがすこぶる紛失しやすい。

「銃口蓋を失《な》くすな」

のべつ、配属将校にやかましく言われた。落して気づかないと、厄介なことになる。野営演習中、同級生がこのキャップを紛失し、全員一列横隊に並ばされて、日が暮れるまで草っ原の中をさがし廻らされた経験がある。中学生でもそれだから、陸軍の兵隊の場合、銃口蓋紛失を苦にして自殺する者が出た。

真鍮の小道具一つが人間の命より貴いとは、いやアな感じで、どこか海軍の配属将校がいる学校は無いかしらと、私は思っていた。いくら何でも海軍はこれほどコチコチじゃないだろうというつもりだったが、事実その通りと知るのは、のちの話になる。

以下は、終戦時の海軍主計中佐、瀬間《せま》喬《たかし》氏の著書、『素顔の帝国海軍』（昭和四十九年海文堂）に出て来るエピソードだが、瀬間さんも九州熊本の中学生のころ、「銃口蓋を大切にしろ、銃口蓋を失くすな」と、耳にタコが出来るくらい聞かされていた。やがて海軍経理学校に合格、上京、入校してみて、「あれエ」と驚いた。学校出入りの靴屋が店をひろげると、箱の中にとんでもない物が置いてある。貴重品のはずのあの銃口蓋を、靴墨や靴紐と並べて売っている。なるほどなあと思ったそうだ。要するに、海軍流の考え方では、初めから、小銃のキャップを神聖視する気なんか無い。失くさない方がいいけれど、失くしたら仕方が無い、靴屋で買えばすむのであった。

サセコイ

瀬間喬さんの本には、海軍士官が、

「チンタツサセニコイ」

と電報を打った話も出ている。その人は、朝鮮の鎮海を定繋港とするフネの乗組員で、長い間奥さんに会っていなかった。この度、修理のため、急に佐世保回航の命令が出た。いい機会だから、東京の実家へ預けてある細君を九州へ呼び寄せようと思う。「鎮海を立つ、佐世保まで会いに来い」のつもりであったが、電報を受け取った奥さんの家では、父親が「何たる淫らな言い草」と憤慨したという話である。

ほんとうにそんな電報を打った士官がいたかどうかは、怪しい。私どもも、海軍時代この小話を耳にした。ただし、ディテイルが少しちがっていて、

「チンタツスグサセコイ」

見てびっくりした奥さんが、

「チンムリニタタスナスグサセユク」

と返電を打ったということになっていた。

いずれにせよ、あまり上等のジョークとは申しかねるけれど、この話も、ある種の海軍気質を知っていると、ちょっとおかしい。何しろ海軍は、信号文にむやみやたらと略語を使った。民間の電報で言えば、至急報指定の「ウナ」の如きである。

学研の『国語大辞典』を引くと、

「ウナでん〔ウナ電〕至急電報」

として、用例に大岡《おおおか》昇平《しょうへい》作『武蔵野夫人』の一節が載っている。

「富子は着くならその日の朝着くはずで、ウナ電はとっくに来てもいい頃であった」

しかし、語源が明示されていない。

大岡先輩をからかってみたくなり、私は成城へ電話をかけた。

「国語大辞典に、お作の一部がウナ電の用例として引用されてますがね、ウナ電は何故ウナ電というか、御存じですか」

「知らねえな」

と仰有《おっしゃ》る。

ウナはモールス符号で「トトツー・トツートト」、・・―　・―・をローマ字に直せばURです、つまり urgent の略、もとは英語なんですと説明したら、

「ああそうかい。そいつはいいことを教えてもらって、一つ賢くなったよ」
大岡さんも、老来円熟の相が備って来て、口惜しがるかと思ったのに、ちっとも口惜しがらなかった。もしかすると、めんどくさい、余計なことを言って来るなと思われたのかも知れない。

同じような電報略号で、海軍軍人に縁の深かったものに、「ハホ」の指定がある。沖泊りの軍艦あてに電報を打つと、普通、軍港の郵便局で留め置きになり、翌朝、その艦の公用使が上陸して、他の郵便物といっしょに持ち帰る。それでは遅いという場合、モーターボートを雇って沖まで特別配達をしてもらう、それを「ハホ」の指定と言った。ウナ電より大分高くつく。これも、ハホすなわち「ツートトト・ツートト」がローマ字でＢＤ、boat dispatch の略であった。この制度は、戦後も港内船舶向けの「特使配達」と称して、電電公社に受けつがれたが、「ハホ」の指定そのものは、海軍の消滅と共に無くなった。「ハホ」や「ウナ」は民間電報の略符号だが、海軍独特の略称略語となると、枚挙にいとまがない。そうして、どんな辞書にも百科事典にも、未来永劫記載されることはない。日本人の大集団が、毎日毎日使っていた言葉なのだが、完全に消えてしまって、将来、研究家は困難を感ずるだろう。

だから私が書いておくというつもりではないけれど、例えば和歌之浦《わかのうら》入港中の聯合艦隊各艦が、発光信号で忙しくやりとりをしている。或は手旗信号でしきりに交信している。

緊迫した荘重な光景だが、実は大したことを言っているわけではない。秘密の内容でもない。ただ、略語だらけだから、一般の人が読み取っても、何のことか分らない。

「ム」

これ一字で、

「迎えの内火艇送れ」

「カヨカ、カコシラ」

と信号があれば、

「本艦艦長より貴艦艦長へ。艦長並びに航海士来艦されたし」

司令官はシカ、軍医長はグチ、砲術士をホシ、先任参謀をセサ、横須賀鎮守府がヨコチンで、佐世保鎮守府はサチンと言った。海軍士官の心得帖に「海戦は時計で闘ふもの」とある通り、洋上でとろくさいことは厳禁、もたもたしていたら生死にかかわる、そこからこの種の特殊用語がたくさん編み出されたのだと思う。

真珠湾攻撃で有名になった「トラトラトラ」についても、巷間、「虎穴に入《い》らずんば虎児を得ず」の諺をもとに、「トラ」の隠語を使ったのだという説があるけれど、多分そうではないだろう。第一次攻撃隊の指揮官機は、「トラトラトラ」の前に「ト、ト、ト、ト」を発信している。「ト」は「全軍突撃セヨ」の略符号であった。

全機突撃に移ったのを確認した時、「ト」のあとへ和文ラ英文S、モールス符号で・・・、簡単明瞭受信まちがえの起りにくい一字を加え、「ワレ奇襲ニ成功セリ」の略語として発信した——、おそらくそうである。和文ラ英文Sが、緊急時絶対まちがいがあっては困る通信文に使われる例として、ＳＯＳ（・・・———・・・）を挙げることが出来る。

もう一つみなさん、国字というものを御存じでしょうか。畑、辷、辻、峠、鱈、鞆、榊、みんな日本で造られた漢字で、中国の字典には出ていない。これを国字と称するのだが、海軍はネイビー国字とでも言うべき変てこな新漢字を、これ亦多数こしらえて、部内限り、公文書の中に平気で使った。

舟ヘンに水と書いて「艦載水雷艇」、その水の上に一本棒を引けば「第一艦載水雷艇」。片仮名のイの右に方、その下に皿を書くと、「方位盤」。舟ヘンに片仮名のカで「カッター」——、このへんまでは、海軍独自のムチャクチャ文字と分るけれど、舟ヘンに尾となると、如何にも昔からあった漢字のように見える。これは「とも」と読む。

辻や畑や峠を国字だと気づかない人がいるのと同じで、海軍関係者の中には、ネイビー文字の「とも」を正規の漢字だと、今も信じている人がある。

実は私自身、敗戦復員直後書いた私小説の中で、舟ヘンに尾の字を使った。

「船が艉を上げるとプロペラは騒々しく空廻りしてしぶきを飛ばした」

活字の字体が何だか不揃いできたないなと、掲載誌を見て思ったが、数年後まで、世間にこんな漢字は存在しないことに気づかなかった。編集部が原稿を尊重して、わざわざ新字を鋳造してくれたのであった。

へんな英語

前回しるした「カヨカ、カコシラ」とか、舟ヘンに水、舟ヘンに尾、これは半ば公式の海軍用語だが、ほかに海軍士官特有のプライベイトな言葉づかいがあった。たいてい、英語みたいなものである。

「艦長のケーエーは、手荒くボディナイスの上に、ハートナイスでなあ。艦長今でもよくエヌるよ」

というようなことを言う。

KAは奥さん、つまりカカアの頭文字、N《エヌ》るはのろけるの頭文字。

「艦長の奥さんは、非常な肉体美人で、その上気立てがよくて、艦長今でもよくのろけを言う」

の意味、馬鹿馬鹿しいと思えば、こよなく馬鹿馬鹿しい。しかし、東京育ちの人が子供時代のノサ言葉をなつかしがったり、いい齢をした小父さんが、学生時代ボート部の特殊用語をなつかしがったりするのと同じで、海軍で暮した人間にとっては、いささかの郷愁を伴う言葉である。

馬鹿馬鹿しいのを承知で、少し並べてみると、

「アドヴァンス」、前借のこと。これは正規の英語としてもまず正しく、銀座のホステスが今、「ヴァンス」と称して使っている。少尉中尉の俸給では遊びの金が足りなくなるから、

「金二十五円八十銭也。右借用仕り候」

アドヴァンスの額を記入した名刺を、給料日ごとに主計長との間で往き来させている人がいた。

「ビーシー」、ABCのBC、イロハに直せばロハ、ただのこと。もう一つの意味は、航海日誌にいつも「blue and cloudy」と書きこむ馬鹿。

「あいつ、ちょっとビーシーだから」

「ビーシーで遊ぶとあとがこわいぞ」

という風に使う。

ロハで遊んで人さまの迷惑なんか知っちゃいない、けしからんのが、「アフター、フィールド、マウンテン」――あとは野となれ山となれ。くよくよ苦にするほうは、「スモール・ハート、ウイング、ウイング」――小心翼々。まったく、つまらん言葉をたくさん発

明したもんですがね、我慢してもう少しつき合って下さい。

婚約者をエンゲイジメントの「エンゲ」と言い、結婚するは「マリる」、出産するを「ベビる」と言った。見合いが「ルッキング」である。ルッキングの結果、めでたくマリって、玉のような男の子をベビらせたとしても、よその港へ入れば、ナイスのウーが大勢待っている。エス（芸者）のスリーライン（三味線）で浅酌低吟《せんしゃくていぎん》程度ならいいけれど、そうはいかなくて、特殊用語もだんだん品が下って来る。海軍士官と性病は、つきものであった。

大便がグレートで、小のほうはスモールだが、容器に取ったスモールに血膿がまじっていたり、糸状のものがゆらゆら漂っていたりすると、軍医長から、

「アールですな」

淋病の宣告を下されることになる。ペニシリンなんか無い。「Three Rs make a captain」といって、戦艦巡洋艦の艦長になるころまでには、アールの憂鬱さを三回ぐらい経験するのが相場とされていた。梅毒はプラム、横痃《よこね》がサイド。

この種の病いを背負いこむような行為をすることを「ポスる」と言う。少尉任官当初、私は「こする」だと思っていて、

「こするにゃちがいないけど、ポスるだよ、貴様」

と笑われた。

軍艦がＰＯＳの旗旒《きりゅう》を上げる。「ワレ勢力半減セリ」の信号である。そこから来ている。

士官も下士官兵も使った日常語では、風呂がバス、ブリキ罐がチンケース、道具箱がギヤボックス、色々あるけど、いずれにせよ、ことごとく英語みたいなものだから、戦争中世間に「敵性国語廃止」の声が高くなっても、海軍は英語の全廃など到底出来なかった。

水兵服の背のよだれ掛のような布をジョンベラ、ひいて水兵服のこともジョンベラ、語源不明だが、やっぱり英語らしい。一説によると、明治初年、英国人が「ジョンブル、ジョンブル」と言っているのを聞いて、英海軍の水兵乃至水兵服のことだと思い、それがなまってジョンベラになったのだそうだ。ジャンパーのなまりだという説もある。こちらのほうが正しいかも知れない。

大体、草創期、オランダに学んだのを別にすると、終始一貫英国海軍がお師匠さんであった。私と同い年の本職兵科将校で、松永市郎《まつながいちろう》さんという人がいる。昭和十六年当時は、未だなりたてほやほやの少尉さん、闘志満々の青年士官だったはずだが、開戦の報を聞いたとき、

「アメリカと戦うのはいいが、英国に弓を引くのにはどうも抵抗があるなあ」

と思ったという。

英国信仰というか親英気質というか、そのくらい根強いものがあって、用語のはしばしにまで、それがなまった形でしみついていた。

昔の国鉄が、ちょっと似ている。信号掛はシグナルメン、操車掛はヤードメン、駅はステーション――、ステーションがなまって、スッテンショ、お上の汽車がスッテンと停るところだからスッテン署だと思っている人もあった。

話が飛ぶけれど、一昨年の春、ポルトガルで汽車旅行をした。ポートワインの本場の町ポルトの駅から、発車まぎわのリスボン行き特急に指定券無しで飛び乗ったら、女車掌が文句を言いに来た。

文句を言われていることは分るが、何をどうしろというのか、さっぱり分らない。困惑していると、近くの座席の人が助け舟を出してくれた。ポルトガル語の出来る英国人であった。

「正規の料金のほかに五百エスクード払えと言っているんです」

それから、その英国人とバアで一杯やることになった。私が鉄道に興味を持っているのを知って、

「ポルトガル南部には、未だ蒸気機関車の走ってる線があります。ポルトガルの鉄道は、もともとイギリス人が建設したんです」

そう言うから、

「日本の国鉄も、最初英国人技師の手で建設されました。日本で、英国の強い影響下に発達したものが二つあって、一つは鉄道、もう一つは海軍です」

私が答えたら、

「日本の鉄道と海軍が優秀なわけが、それで理解出来た」

と、彼は笑った。

ヘル談哀話

英語みたいな特殊用語の行きつく先は、ヘル談ということになる。

ヘルはhelp、ヘルプは「助ける」の助《すけ》、つまり助兵衛話がヘル談、ただし、本職海軍軍人に言わせると、

「猥談《わいだん》とはちがうんだぞ」

事実、あまり露骨な情景描写や、そのものずばりの自慢話は嫌われた。ヘル談すなわち艶笑《えんしょう》小話と思えば、まあまちがいない。ついでながら、春画をヘルピクと言った。

これはしかし、なかなかむつかしい。聞いて、わッと笑って、男ばかりの艦内の、一服の清涼剤になるようなものとなると、かなり洗練されたウイットやユーモアが要《い》る。どこの艦船部隊にも、ヘル談の大家と称する人が一人ぐらいいたが、海軍裏面史に残るような傑作は、そうたくさん生れなかった。

今の私の眼で眺めると、ヘル談好きの古い海軍士官そのものの方に、むしろある種の風

格を感じる。

兵学校三十三期、山本五十六さんの次のクラスで、有地《ありち》十五郎《じゅうごろう》という水雷屋の提督がいた。長い立派な口髭を生やしていて、うしろからだと、猫が焦げたサンマをくわえているように見える。「猫サンマ」という綽名《あだな》があった。

「猫サンマ」司令官の指揮する水雷戦隊が、ある時別府へ入港した。温泉の紅い灯青い灯を前にして、みな一刻も早く上陸したい。将兵の心は逸《はや》りに逸っているのだが、逸りすぎたせいか、一隻の駆逐艦が投錨位置をまちがえ、僚艦に近すぎるところへ錨を入れた。司令官有地少将から、すぐ信号が出た。

「アナチガイヤリナオセ」

仕方がない。駆逐艦の方では、

「タカタカタン、タカタカタン」

出港ラッパを吹いて、一度別府湾外へ出て行き、再入港、錨を入れ直して、ようやく上陸許可。そのころ目ぼしい女性はもう、よそのフネの者がみんなかっさらっている。乗組員一同、大いに猫サンマ司令官を恨んだそうである。

有地十五郎提督は、大酒飲みのヘル談愛好家だったが、こういうフザけたことばかりやっていたわけではない。昭和十二年の夏、鎮海要港部司令官在職中、蘆溝橋《ろこうきょう》事件が起った。

参謀長の息子が江田島《えたじま》から帰省したのをつかまえて、

「今度の夏休み、何日間だ」

訊ねてみると、

「事変勃発で、十日に短縮されました」

と言う。

「そうかなあ」

猫サンマは首をかしげた。

「僕らも、兵学校生徒の時、日露の開戦に際会したんだが、国運を賭したあの大戦争の最中にもかかわらず、まるまる四十日間の夏休暇もらったぞ。こんな事変が起きたぐらいで、生徒の夏休みまでへつるようなゆとりの無い海軍じゃ、アメリカといくさにでもなったら日本の負けだな」

この手の、人間的にも味わいのある提督たちが、次々予備役に編入されて、海軍はやがて対米戦争に突入する。

瀬間喬主計中佐の著書が伝える、戦争中のヘル談を一つ。

佐世保のエスハウ（芸者置家）の仏壇の前で、あられもない恰好をしたエスが一人、さめざめと泣いていた。通りがかりにふとのぞき見た士官が、驚いて、「お前、何してるんだ」と聞くと、エスが泣き泣き答えた。

「お線香上げて、仏さまを拝んどるとですよ。大勢戦死してしまいなさって、とても一人一人は拝めんですもんね。このごろ、十人一とまとめで拝むとです。その代り、お線香も十倍の万単位にして上げてます。このお線香は、生前仏さまたちの大好物やったもんね」

これが戦争中の名作（?）とすると、横山一郎《よこやまいちろう》少将作と伝えられるアメリカ式ヘル談は、開戦前の名作であろう。

戦艦「ミズーリ」号上の、降伏調印式の写真を、みなさん御存じでしょう。重光《しげみつ》全権、梅津《うめづ》全権のかげになって、ちょっと分りにくいが、あの写真に、海軍側次席代表の横山少将が写っている。あれより四年前の昭和十六年、日米交渉妥結か決裂かという時期、最後の駐米大使館付海軍武官をつとめた人で、アメリカに知友が多かった。「ミズーリ」号にも、昔なじみの向うの士官が乗っていた。知らん顔をするので、変に思ったが、米海軍のその士官は、後日、

「君が照れくさいだろうと察して、わざと眼をそらしてたんだよ」

と語ったそうだ。

アメリカ在勤当時、横山武官たちは、ずいぶんつらい虚しい努力をした。日本からやって来る代議士や実業家は、

「あんたたち、病気なんじゃないですか」

と揶揄する。

「病名を恐米病と言ってね」

アメリカの実力、そんなに恐れる必要なしと考えているらしいが、もし戦争になったら、到底日本に勝ち目は無い。対米戦だけは、何とかして回避したかった。それには、本省訓令にもとづく四角四面の交渉もやらなくてはならないけれど、プライベイトなつき合いで、お互いの友情と理解を深めておく必要がある。そういう場合、特に男だけのスタッグ・パーティの時、海軍お得意のヘル談がものを言う。

今八十三翁、敬虔《けいけん》なクリスチャンの横山一郎少将が、アメリカ人相手にほんとうに英語のヘル談をやったかどうか、御本人に確かめてないから保証のかぎりでないが、クリスチャンは色ばなしをしないという保証も無い。ゲーテだってシラーだって、甚だきわどいことを書いている。森鷗外訳「ファウスト」の中の、女ごころの歌、

「胸の思ひはかの人に　添はんと思ふほかぞなき」

は、原文、「腰の思ひはかの人に」だそうだ。

さて、伝横山少将作、アメリカ版ヘル談の主人公は、男女二人のアメリカ・インディアンである。

ロサンゼルス発シカゴ行き大陸横断急行が、アリゾナ州のインディアン保護区へさしか

かった時、前方の線路上に、二人の人間がからみ合って寝ているのを、機関士が発見した。汽笛を鳴らしてもどかない。ブレーキをかけて急停車。機関士はカンカンになって、やっと起き上った二人に詰問した。

「何故どかなかった」

インディアンの男が答えた。

「She was coming, I was coming, you were also coming, but you were the only guy who had a brake」

アメリカの海軍士官たちに大いに受けたというのだが、訳は遠慮する。

（追記）のちに横山老少将より手紙を頂戴した。「あのヘル談、中々よく出来てるけど、残念ながら小生の作ではありません」——。それで、インディアンのこの艶笑小話、作者創作時期ともに分らなくなった。

まあうれしい

沖泊りの軍艦あての民間電報は、「ハホ」——boat dispatch の指定をしないかぎり、港の郵便局に留め置かれて、翌朝上陸した公用使がほかの郵便物と一緒に持ち帰ると、前に書いたけれど、どうもある時期から、取扱い法が少し変ったらしい。一通一通、小舟でとどけるのはやめになり、「ハホ」指定の電報は、一括して港務部へ配達する。港務部が手旗信号なり発光信号なりで、沖のフネへ送信してくれる。作業地（演習地）入港中だと、仮設無線電信所がそれをやる。多分、昭和十一年ごろ、そういう風に変ったらしい。もしかすると、「ハホ」の指定をしなくても、関係者が気をきかせて、港務部経由の送達をはかってくれる場合があったかも知れない。

ともかく、長い航海を終って、いよいよあす母港入港という時の気持は格別であった。今、ジェット機でヨーロッパやアメリカから帰って来ても、ちっともわくわくなんかしない。「禁煙」のサインがついて、「グワァッ」と、ギヤ・ダウンの音、右手に霞ケ浦が見え

ている。機内に「さくら、さくら」か何か、静かな音楽が流れ出す。帰国のムードを大いに盛り上げてくれるかのようだが、

「やれやれ着いた。ああ疲れた」

そう思うだけだ。

その点、軍艦でも商船でも、海路長途の旅の終りは、情緒が深かった。詩人三好達治の歌に、

「春の岬旅のをはりのかもめどり
　浮きつつ遠くなりにけるかも」

というのがある。

殊《こと》に、好きな人が待っているとなれば、入港情緒はいやまさり、わくわくするなと言われてもわくわくする。

昭和十二年の秋、大勢の少尉候補生を乗せた練習艦隊八雲《やくも》、磐手《いわて》の二艦が、五カ月間のヨーロッパ遠洋航海を了《お》えて、横須賀へ帰って来た。司令官は古賀峯一《こがみねいち》中将、結果から言うと、これが戦前、日本海軍最後の本格的遠洋航海になる。

八雲乗組のT中尉は、候補生の指導官付、

「ヅキは月よりなお無情」

と言うくらいで、楽しかるべきヨーロッパ往復に、後輩たちを情容赦なくきたえ上げる鬼よりこわい存在だったが、この鬼が婚約をしていた。

「かすむ三浦の山や川」

晩秋の陽にかがやく故国の山河が見えて来て、「招く旗山錨を下ろしゃ」、鬼の頬が自然にゆるむ。エンゲと五カ月ぶりの再会である。航海中、事変の勃発を知ったが、海軍の者は大陸の戦火を多少横目で眺めているところがあって、そう深刻には受けとめていない。

最終寄港地から、

「何日何時横須賀入港の予定」

T中尉はエンゲに電報を打っておいた。

婚約者の方では、民間電報の取扱いに関する海軍のしきたりなぞ知らない。至極無邪気に、

「マアウレシイ」

と返電を出した。

横須賀の港務部が、規則にしたがって、この電報を入港した八雲へ手旗信号でとどけてくれることになった。

とどけるといっても、横須賀軍港は袋のように入りくんだ細長い港で、ほかの艦船のマ

ストや煙突が邪魔になり、一番沖のブイ繋留の八雲へ、直接送達は出来ない。そこで、港務部は旗旒《きりゅう》信号を上げて、近くの軍艦に中継を依頼する。依頼されたフネが応答旗をかかげて、手旗による交信が始まる。

「宛、八雲T中尉。本文、マアウレシイ。ヲハリ」

中継艦が次の中継艦を呼ぶ。

「八雲アテノ電報アリ」

「了解。送レ」

「宛、八雲T中尉。本文、マアウレシイ。ヲハリ」

寒風の中で、「マアウレシイ」「マアウレシイ」と手旗を振らされる水兵さんも、楽じゃなかったでしょうね。義経《よしつね》の八艘飛びならぬ二艘飛び三艘飛びの電報が、めでたくT中尉の手もとへ届いた。

港務部や中継艦にすれば、これだって公務のうちだから、ちゃんと記録を取っている。

「何じゃ、こりゃ」

と評判になり、T中尉はその後しばらく、

「おい、マアウレシイどうした」

「マアウレシイ、元気か」

と、みなにからかわれた。

マアウレシイ嬢がどうしたかというと、それから長い長い年月が経って、御健在なら、孫の十人ぐらいいる、もう六十半ばのお婆さんのはずである。

このエピソードと、昭和十二年には港務部が手旗信号発光信号で沖の軍艦へ民間電報を送達していたこととを、私は岡田貞寛《おかださだひろ》さんに教えられた。貞寛さんと、したしげに書いても実は未知の人だが、ある日、未知の岡田氏から分厚い封書がとどいた。

「おや」

と思った。

岡田貞寛主計少佐、――というより、岡田啓介《けいすけ》大将の末の令息である。

「かねて自分も、海軍こぼれ話のようなものを書き残したいと思っていた。ここにお伝えするエピソード、役に立つなら、どれでも自由にお使いなさい。私の名前など、お出しになる必要はありません」

としたためてあって、その一つが、「マアウレシイ」、この年のヨーロッパ遠航練習艦隊に、岡田貞寛さんは主計少尉候補生として乗っていたのだ。

色んなことを思い出した。岡田啓介提督のトレード・マークは、よれよれの袴と、角筈《つのはず》一丁目のボロ家とよく言われるが、その古い邸のそばにクラスメイトの家が二軒あって、少尉時代、遊びに行く度、岡田家の前を通った。ある種のしたしみと尊敬の念を以て眺めながら通った。海軍大将に対する海軍少尉の尊敬と、少しちがう。よき時代の海軍のよき伝統を伝えるのは、このボロ家の主のような人だという漠然とした感じがあった。

病気で斎藤内閣の海相辞任後、医者に酒を禁じられている岡田提督を、某社の政治部記者が訪問した。娘さんがお茶を出したら、

「ブドー酒を持って来い」

と言う。恐縮して、「あの、私は酒を飲みませんから」、新聞記者は口をはさんだ。娘の姿がドアの外へ消えるなり、

「この部屋にいるのは、お前だけじゃないぞ」

岡田大将に睨みつけられたという。

啓介提督の備えていた風格と、末っ子貞寛少佐の伝える「マアウレシイ」の話とは、どこかで一脈通じて、よき日の海軍を象徴しているような気がする。

艦長自ら操艦しつつあり

岡田貞寛少佐伝来のこぼれ話をもう一つ御紹介する。

船を動かすのは、自動車の運転よりはるかにむつかしい。潮の流れ、風、波の影響をもろに受けるし、行き脚とか振れ廻りとかいうものがあって、自動車のように、右へ曲る、左へ曲る、キュッと停る、車と車の間へ駐車してポンと、そうはいかない。同じ船でも、軍艦の場合、商船よりもっとむつかしい。それは、二隻、三隻、時に十何隻いっしょに、艦隊行動をするからである。下手の操艦するフネが一艘いると、陣形が乱れる。

私ども、基礎教育中、操艦実習と称して駆潜艇の舵輪《だりん》を握らされたが、

「前艦の航跡ヨーソロ」

前のフネが蹴立てるウエーキのあとへ、まっすぐついて行くだけで、なかなか楽ではなかった。コースをちょっとずれそうになって、舵を使うと、へさきがぐうッと、あさって

の方へ向いてしまう。あわてて舵を切り直す。今度は反対側へぐうッ。蛇がくねっているようで、見ちゃいられないから、大事な転舵点へさしかかったら、本職の下士官が、

「実習学生、どいて下さい」

と、代りに来た。

一人前の兵科将校が、艦橋の当直に立って、未だこの種のもたつきをやる（やらせる）ようだと、「何だ、おい、山船頭」と罵られることになる。

ある年、岡田さんは、聯合艦隊所属の三万トン級戦艦に乗組んでいた。かりに、榛名《はるな》としておく。御自身は主計科だから、大戦艦の操艦なんかしないけれど、当直将校が新米である。おまけに、榛名は二番艦である。単縦陣で航行する際、先頭の旗艦に六百メートルの定距離をおいて、ぴったりつけて行かなくてはならないのが二番艦のつらいところ、うしろからは、六百メートル離れて、三番艦がぴったりつけて来る。こちらのブリッジから前の艦の後尾の旗竿まで、六百メートル。

そのため、携帯用測距儀を首にぶら下げた水兵が、艦橋で常時、前艦との距離を測定している。この測距手のことをＫＧと言った。ＫＧは、例の海軍用語で毛じらみ。女郎屋でもらって来ることもあるが、主として浴槽で感染する。特に、真水の不自由な駆逐艦のケンバス・バスなど、毛じらみ交換会場みたいなもので、風呂へ入った者全員が感染し、みんな変なところを押えて、あっちでボリボリ、こっちでボリボリ――、昔小副川《おそえがわ》ＫＧとい

う綽名《あだな》の長門《ながと》艦長がいた。名前が敬治で、しかも一旦食いついたら離れない人で、そこからKGと綽名がついたのだが、本ものの毛じらみがやはり、陰毛の根へとりついたら、容易なことで離れてくれない。特効薬は水銀軟膏、これを塗りこんで退治する以外、手がないのだけれど、古参兵曹の中には、

「縁あってとりついたもんじゃ。全滅させるような野暮なことするない」

というので、海の夕陽に悠々患部をさらし、爪楊枝でほじくり出して、プッンプッン、一匹ずつつぶすのを楽しみにしている者があった。

今はしかし、海軍名物KGが話題の主ではない。毛じらみは別名カニジラミ、携帯用測距儀のリングをもぞもぞ動かす手つきが、こいつの恰好とよく似ているのでKGと呼ばれた艦橋測距手の話である。

KG水兵が、

「ロッピャクフタジュウ、離れまアす」

と唱えるのは、前艦との距離六百二十メートル、なお次第に開いて行くとの報告で、これ、まずい。新米当直将校は、規定の六百メートルを保つべく、速力微調整の「黒一」を令して、機関の回転数を少し上げさせる。黒一、黒二、黒三……、赤一、赤二、赤三……。微調整の刻みがプラス・マイナス十段階ぐらいあった。

航海科の号令詞は、ゆっくりした一種の抑揚を伴っていて、「面舵ッ」「取舵ッ」「戻せ

ッ」というような言い方はしない。

「おもオかアじ」

「もどせエえ」

部外者が聞いていると、睡気を催しそうな調子である。「黒一」を令したのに、

「六百五十ウ、離れまアす」

「六百ナナジュウ、離れまアす」

まるでいやがらせのように、節をつけて、長く引っぱってしつこく言って来るから、上ってしまい、「赤黒ナシ」と、早目に元へ戻すのをためらっているうち、プラスの微調整がきき始める。こうなったら、加速がついて、三万トンの行き脚はなかなか止まらない。

「六百三十ウ、近づきまアす」

「五百九十、近づきまアす」

「五百六十ウ、近づきまアす」

艦長が、若い当直将校の方をじろりと睨む。睨むだけで何も言わない。距離はどんどんちぢまる。高い艦橋から見ると、こちらの艦首が、今にも先頭艦の艦尾とごっつんこしそうになって来る。「赤黒ナシ」も「赤一」も効き目なし。

「五ヒャアク、近づきまアす」

「ヨン百ナナジュウ、近づきまアす」

　赤い顔して冷や汗かいている当直将校が、ついにたまりかねて、

「おもオかアジ」

　操舵員が、

「おもオかアジ、面舵十五度」

と復唱する。

　かくて二番艦は、右の列外へにゅッと飛び出し、整々としていた単縦陣が乱れる。旗艦のブリッジも、たまりかねたように信号を出す。

「榛名当直将校ノ官氏名知ラセ」

　馬鹿、間ぬけ、下手糞と言われているにひとしく、次の進級、多分お茶ひき、当人はますます上って、腹でも切りかねまじき顔つきだが、艦長この時少しも騒がず、椅子から下りて来て、ブリッジ中央へ突っ立つや、

「信号兵、今の返」

　旗艦へ返信を送るよう命じる。

「榛名ハ艦長自ラ操艦シツツアリ」

　せわしく手旗信号が交されて、

「一番艦、了解しました」

　ほんとうは、了解なんかしていない。あのもたもたぶりが「艦長自ラ」の操艦でないこ

とぐらい、一番艦坐乗の戦隊司令官以下、百も承知なのだけれど、こう言って来られては、それ以上の追及がしにくい。

二番艦の行き脚は、ようやくおさまって、六百メートル後方の定位置へ復しつつある。当直将校は、ブリッジの隅で小さくなっている。

こうした経験をかさねて未熟な若い山船頭が、だんだん立派な船乗りに育って行く。対米戦争突入前の、海軍がよき時代の気風を未だ多分に残していたころのことであったと。

人殺し

アメリカのどこだかの町に、野獣の剝製博物館があって、色んな珍しい野生動物の剝製を陳列している。アメリカは、あれだけ広大な国なのに、猛獣があんまりいない。虎もライオンも象も犀《さい》も住んでいない。そいつらが、生けるが如きすごい形相をして並んでいるから、なかなか人気があり、訪れる人は多いそうだ。

説明を読みながら、館内一巡、出口の近くまで来ると、壁に大きな鏡がかけてある。自分の姿が等身大で映し出される。鏡の下の説明板に曰《いわ》く、

「これが、この地上で最も兇悪な野獣です」

ほんとにそうだと思う。

若いきれいな女の子が、

「このお肉、すてきね」

などと、血のしたたりそうなビフテキを食べているのを見ると、変な気がする。牛の身

になってみれば、殺されて、バラバラにされて、火で焼かれて、何が「お肉」だ。

しかも、食うために殺すだけでなく、狐狩りとか猛獣狩りとか言って、趣味で殺す。ファーブルの昆虫記に、

「生きものの世界では、今日の食い手は明日の食われ手で、めいめいが替りばんこに美味しい御馳走になったり、御馳走を食べるお客になったりしている」

という一節があるけれど、こんな趣味の悪いものすごい野獣には、到底対抗出来ず、人間を常食にする動物はいない。

そこで、人間同士殺し合いをやる。初めは弓か刀か、せいぜい種子島《たねがしま》の鉄砲ぐらいだったが、そのうち大砲だの爆弾だの魚雷だの、たくさん発明して、現在は御承知の通り。女王陛下のロイヤル・ネイビー、栄光の帝国海軍、何と呼んでみたところで、実質は人殺しの集団ですよ。これが勝手に暴れ出したら、やくざが物騒なのと、ケタがちがう。だから、軍人にはきびしい戒律が課せられていたし、軍隊は厳重な統制のもとにおかれていた、――はずであった。

「よき時代の海軍は、その点、きちんとしてましたか」

「してましたよ」

「岡田貞寛さんのこぼれ話を拝見すると、昭和十二、三年ごろまでは、日本の海軍に未だ、殺伐でない、のびのびしたリベラルな空気があったやに感じますが」

「そうです。アメリカが海軍の仮想敵、ソ連が陸軍の仮想敵でしたが、考え方の根本的にちがうとこはですね、陸軍は折あらばソ連と戦争がしてみたい。ソ満国境を越えて進撃して、出来れば沿海州かシベリアの一部、分捕りたいぐらいの野心を持っていた。われわれの方は、当時アメリカに戦争をしかけようなんて、およそ考えなかったですね。もし、アメリカが西太平洋へ進攻して来て、日本の独立を脅《おびや》かすようなことがあったら、ただじゃすませないぞ、命を賭し全滅を覚悟してでも戦う――。その意味での仮想敵だし、そのための猛訓練だったんです。陰湿な野望なんか持っていないから、月月火水木金金の猛訓練をやりながら、気分はカラッと明るかったし、たいへんリベラルな面があったのだと思います」

「いつごろまでですか」

「いつごろって?」

「海軍のよき伝統と気風が、『未だ』じゃなくて、ほぼ完璧に生きていたのは、いつごろまでかという……」

「それはやはり、満洲事変が一つの境《さか》い目《め》でしょう」

旧海軍のオールド・オフィサーと話していると、たいていこういう問答になる。

昭和六年秋、満洲事変勃発、謀略にもとづくいくさであることは誰の眼にも明らかで、アメリカが神経をとがらせ始める。国内に国粋主義、超国家主義、右寄りの風潮が強くな

る。非常時非常時の呼び声。海軍は影響をうけた。「非常時」も「皇国の危機」も嘘ではないけれど、

「陸軍の奴ら、あれで金鵄《きんし》勲章だ。海軍は動かない。動かなけりゃ勲章と縁なし」

　羨む気持がなかったとは言えまい。

　翌昭和七年春、五・一五事件が起きた。少数憂国の若い海軍士官たちが、首相官邸を襲い、「問答無用」と叫んで犬養《いぬかい》総理を射殺した。

　問答無用で人を殺すなら、やくざと同じである。海軍史上、最大最悪の不祥事であった。海外における日本帝国の評判は、ガタ落ちになった。軍法会議の法廷で、被告の一少尉は、

「私は弾はなくてもよい、大和魂があればよいのだ。とにかく無茶苦茶に戦争がしたいのだ」

　と絶叫した。一人で日本刀振り廻して戦争ごっこをするなら構いませんがね、これでは傍《はた》迷惑、陸軍とそっくり。

　誰がこんな陸式海軍士官を育て上げたか知らないが、これより四十年後、三島由紀夫《みしまゆきお》が、旧陸軍将校の制服によく似たユニフォーム姿で、似たような事件を起す。

　私は、海軍の正統を多少知っているし、曲りなりにも海軍本来の教育をうけたから、三島さんのやったことを絶対容認しない。三島さんにはしたしい気持を持っていたけれど、それとこれとは別である。日本の旧陸海軍も陸海空三自衛隊も冷眼視する文壇の諸賢が、

三島由紀夫のとった行動に寛大で同情的なのは、解しかねる。

　それはともかく、満洲事変、上海《シャンハイ》事変、五・一五事件あたりをターニング・ポイントにして、海軍の変質が始まった。

　そのことを真剣に心配した人の一人が、井上成美提督（当時大佐）であった。五・一五事件のあと、戦艦比叡《ひえい》の艦長に補せられた時、「勅諭衍義《えんぎ》」という長い文章を、自ら執筆して、乗組の士官たちに示した。軍人勅諭の現実に即した解説で、

「軍人が平素でも刀剣を帯びるのを許されており、吾々又その服装を誇りとしておるのは、一朝事ある時、その武器で敵を斬り、国を守るという極めて国家的な職分を果すからである」

　これが要点の第一。「一朝事ある時」かどうかは、国家の意志が決定する。国が戦争を決意し、「さあ、やれ」となって、初めて、軍人は人を斬り、敵の財物を破壊することを許される。それを、たまたま手近に武器を持っているからといって、自分勝手に人を殺傷するような不法を行えば、軍人もただの人殺し、神聖な武器はたちまち殺人の兇器に変るんだよと――。このお説教が、比叡の乗員だけでなく海軍全般の、海軍だけでなく陸海軍全体の、常識になれば、日本は悲劇の道を歩まずにすんだかも知れないが、そうは参らず、数年後、今度は二・二六事件が起る。軍人勅諭の解釈も、ひどく歪められたものに変って行く。

軍人勅諭

「我国の軍隊は世々天皇の統率し給ふ所にそある」

で始まる軍人勅諭は、明治十五年一月、時の天皇より陸海軍軍人に下賜された。

「お前たちは、ここに示した五ケ条の訓《おし》えにしたがって、軍人たるの務めをつくせ」と、要するに、日本の軍人が守るべき戦時平時のプリンシプルが説いてあるのだが、何しろ古い。——明治十五年。

内容も文体も古くさい上、「何々すへきにあらす」という調子で、濁点が振ってないから、読みづらい。おまけに長い。四百字詰原稿用紙で、約七枚、ちょうどこの「海軍こぼれ話」一回分ある。

私ども、学生時代、軍隊へ入るとあの面白くもない長い軍人勅諭を丸暗記させられると聞いて、いやアな気がしていた。いやアな気がするのは当り前、かりに皆さん、こんなに面白い（！）私の随筆だって、全文暗記して来いと言われたら、腹が立つでしょう。

慶応の文学部で、鬼のおくびも同じことを思っていたそうだ。私が某文芸誌に連載中の「井上成美」を、毎号読んで、てにをはのはしばしまで、うるさく文句をつけて来る例の鬼編集者である。

配属将校が奉読するのを、何度も聞かされて、むろん内容は知っている。しかし、それを一字一句暗記しろとは、如何にも馬鹿馬鹿しい。

「お勅諭の原文は、万葉仮名で書かれておって」

と、配属将校が言う。

「阿呆。あれは万葉仮名じゃない。変体仮名。大体あいつら、無教養だからいやだ」

折口信夫《おりくちしのぶ》先生門下のおくびは、内心そう思っていた。

ところが、予備学生として海軍へ入ったら、教官が意外なことを言った。

「お前たち、軍人勅諭は丸暗記しなくてもいいぞ」

へえ、海軍はちがうのか。割にもの分りのいいところがあるナ——。

それから注意して見ていると、色々、学生時代の想像を裏切るような事例にぶっつかる。

教育主任が、

「お前たちの中には、畏れ多くも天皇陛下のことを、天ちゃんなどとお呼びする者がおるが」

と、真顔で説教する。真顔の説教だけれど、どこかにかすかに、面白がっている節《ふし》がうかがえる。心底から畏れ多ければ、何百人もの学生の前で、「天ちゃんなどとお呼びする者がおる」という言い方はしないだろう。

　事実、そうであった。陛下を「天ちゃん」と呼んだ某中将の例がある。陛下が聯合艦隊の演習を見に来られることになって、某中将は、当日の準備に関し、副官から報告をうけた。

「陛下は、ヒトマルサンマル、お召艇にて旗艦右舷々梯《うげんげんてい》に着かせられ」

「何の話だ？」

「今回、大元帥陛下艦隊行幸の……」

「誰？」

「天皇陛下が……」

「ああ、天ちゃんか」

別に陛下を軽んじているわけではなく、若い副官があんまりコチンコチンなので、ちょっとからかってみたのだろう。

ちなみに、「ヒトマルサンマル」は一〇三〇、午前十時三十分、時刻をこういう風に呼称した。

　軍人勅諭についても、海軍では、

「暗記する必要なし。本すじさえ分っておればよろしい。あれを暗記する暇があったら、諸例則の勉強でもしろ」

それが普通であった。

古く明治十五年、こんな長い長い特別の勅諭が出されたのは、当時西南の役のあとで、佐賀だ熊本だ会津だと、旧諸藩士の思惑が入りみだれ、軍人の間に政治論議をする者が多かったからだと言われている。

したがって、いちばん大事な「本すじ」は、

「世論《せいろん》に惑はす政治に拘《かかわ》らす」

軍人が政治に関与してはいけないという部分である。

昭和に入って、昭和維新を唱える陸軍の革新将校たちは、これを、自分たちに都合のいい論旨にすり替えた。

「軍人は、国民世論《よろん》だの、時の政治だの、そんなものにはこだわらなくていい。政治家や重臣が何と言おうと無視して、ただ、自分らの信念通りやれば、それが天皇陛下に忠節をつくすことになるのだ」

正義は我にあり、邪魔者は殺せ。陸下の御意志が陸軍の考えと合わないなら、今の天皇を廃して、別の宮様を立てろとまで言い出した。ひどいもんですよ。赤色革命と紙一《ひ》と重《え》。もし彼らの主張が通っていたら、日本は現在の北朝鮮とそっくりの国になっただろうと思う。

軍人勅諭を暗記する必要なしと言い、時に陛下を「天ちゃん」と呼んだ海軍が、君主の意志に忠実で、政治関与をきらい、勅諭を暗記させた陸軍が、事ごとに陛下をないがしろにしたのは、奇妙キテレツな対照である。

私の場合、鬼のおくびより二期上で、多少とも自由な空気が余分に残っていたはずなのに、軍人勅諭を暗記させられた。

教官兼分隊監事に、Iというコチコチの機関大尉がいて、

「あしたまでに、お勅諭を全部暗記して来い。暗記出来なかった者は、外出を禁止する」

仕方がないから、暗記しましたがね、実に不愉快であった。海軍にも、こんな陸式軍人がいるのかと思った。

I大尉は佐賀出身、佐賀人の悪口を言うつもりはありませんが、五・一五事件に連座した海軍士官のほとんどが、葉隠《はがくれ》の国から出ている。

もっとも、のちに横須賀逸見《へみ》の桟橋でばったり会ったら、

「おウ」

I大尉はなつかしそうにニコニコして、

「俺ァこの間、ショートランド島転勤の命令が出たちゅうんで、これで一巻の終りかナと、ひやッとしたよ。まちがいだったんで助かった」

と、ごく当り前のネイビーであった。

「元気でやれよ」

励まされて別れて、それっきり。駆逐艦の機関長として、ソロモン群島方面で戦死した。

その後は敗戦まで、二度と軍人勅諭の暗誦などさせられなかったし、軍人勅諭についての話を聞かされた記憶も無い。

よく学びよく遊び

一昨年、溝田主一《みぞたしゅいち》さんが八十七歳で亡くなった。溝田さん——、ジョージ・溝田と言い替えてみても、知っている人はもう少ないだろうが、山本五十六のカード友だち、スタンフォード大学出身の九州男児、日本海軍にその人ありと聞えた国際的名通訳であった。ロンドン軍縮会議以後、多くの重要会議に全権団の一員として参加し、肩書は嘱託なのに、相手国の海軍関係者から、しばしばアドミラル扱いされた。

お葬式の席上、御令息より、思い出話の披露があった。

「生前、父のこよなく愛したものが三つありまして、ドライ・マルティニとゴルフとスタンフォード大学。この三つは男の条件だと言っておりました。あいつはドライ・マルティニも飲む、ゴルフもうまい、いい奴なんだが、残念ながらスタンフォード出じゃないと、よくそう申しました」

そんな基準をあてはめては、ジョージ・溝田の奉職した帝国海軍に男が絶えていないことになってしまうけれど、海軍は万事英国流だったせいか、ゴルフの好きな士官なら、かなりの数いた。

これはしかし、一つ間違えると人の反感を買う。戦前のゴルフは、今とちがう。到底庶民のスポーツではなかった。

広島にも、当時一カ所だけゴルフコースがあった。二・二六事件の翌年、私が広島高等学校一年生の時、野営演習で、このゴルフ場内を通過したことがある。引率の配属将校が、

「諸君も、将来社会へ出たら、こういうところでゴルフをやれるぐらいの人物になれ」

と、明らかにいやがらせの口調で言った。こんな広大な土地に芝生など植えて、「ブルジョワの道楽」にうつつを抜かしていると、そのうち我々の方で、また二・二六のようなことを起してやるぞと、如何にもそう言いたげであった。鉄砲かついで汗みずくの行軍をさせられている学生の気分も、多少それに近かったかも知れない。何しろ、広々とした美しいコースがひっそり閑《かん》として、プレーヤーの姿すら見あたらなかった。

ところで、私ども大正生れの子供が小学校へ上って、修身の時間、最初に教わった徳目は、

「よくまなびよくあそべ」

今考えて、いい教えだったと思う。

強いて講釈すれば、勉強と遊びのバランスのよくとれた生活、学ぶことで遊びの楽しさ

が倍加し、遊ぶことで学びの道が充実する、それがほんとうに人間らしい、花も実もある生活ですよと——、まあそういうような意味でしょう。

いい教えだったと思うけれど、実際は、小学校を終えるころから、自他ともに視点が少し変って来る。勉強勉強、仕事仕事、この一とすじ道に励まなくては人間駄目、遊んでいてはいけませんと、周囲も言い出す、自分も考える。

かくて、滅私奉公型、忠犬ハチ公型の俊才が大勢生れ、こういうのが軍人官僚になると危険なんですがね、とんでもない大戦争をやったあげく、戦後の亜種、猛烈社員型に引きつがれた。滅私猛烈タイプの特徴として、人がのびのび遊ぶのを、あまり快く思わない。

「こっちが一所懸命働いてるのに、何だあいつ、ゴルフしてやがって」

昼寝してやがって、ブリッジしてやがって——、何となく不愉快なのは分るが、人には立場立場で事情がある。ケチな心情いだくな、人の遊びをみだりに咎め立てしちゃいかんというのが、海軍本来の伝統的気風であった。

例えば、軍医が暇なのは、その隊としていい徴候であろう。みんなが寝ていて軍医だけ働いているようだったら、最悪の状態である。だから、若いデッキオフィサーたちが、寒風にさらされて洋上の夜間教練で血眼になっている時、軍医中尉は私室でトランプをやっている、寝そべって講談本を読んでいる、それでよかった。誰も文句は言わないことになっていた。

　だが、非常時非常時の呼び声が高くなるにつれて、この伝統は崩れ出す。事情がどうあろうと、働かざる者食うべからず、俺は働いてる、お前けしからんの、偽善とそねみと独断が横行し出す。何の話をしているかというと、溝田名通訳の話だが、昭和十二年夏、日華事変勃発、やがて華中の風雲急を告げ、溝田さんは、カード友だち山本海軍次官のたっての要望で、上海《シャンハイ》へ出されることになった。

　揚子江《ようすこう》の水路に英米の軍艦が頑張っている以上、どうしても国際的トラブルが起りやすい、言葉の上で誤解が生じては困るから、君行ってくれ。

「御命令とあらば、上海だってどこだって行きますがね」

　条件が二つあると、ジョージ・溝田は答えた。トラブルが起った場合、交渉相手は英米の高官です、彼らと対等の立場で談判をするのに、こちらが虹口《ホンキュウ》あたりの木賃宿へ泊っていたのでは恰好がつかない、出張中一流ホテルに滞在しますが、よろしいか。もう一つ、仕事もないのに忙しそうな顔をするのが、私は大嫌いです、暇な時は自由にさせてもらいたい、時間や曜日でしばられない自由行動を認めてくれますか。

「いいとも」

　五十六中将が即座に承知した。

「自由行動とは、要するにゴルフのことだろう。君がウイークデイにゴルフばかりしてられるようなら、こんなめでたいことは無いんだ。時局も弁《わきま》えずとか何とか、文句をつけて来る士官があるかも知れんが、次官がいいと言ってるんだと言え」

上海戦線では、陸軍部隊が「泥水すすり草をかみ」の苦戦をしていた。この軍歌のことは、いずれ書くつもりだが、友軍の苦労をよそに、せっせとゴルフに精出したおかげか、溝田さんはそれから四十年経って尚、ワンラウンド七十台で廻る名プレイヤーであった。

この時は、日英関係日米関係の悪化断絶を何とか避けることが出来たけれど、四年後、日本はとうとう米英相手の戦争に突入する。

「アメリカと戦争なんかしたら、必ず日本が負ける」

溝田主一嘱託はかねがね、そう公言していた。それがたたって、開戦と同時に、海軍省お構い、首同然の扱いで隠棲させられた。ただし、海軍上層部は、いつかもう一度溝田の必要な時が来ると考えていたらしく、戦争中の隠棲期間、規定の俸給が月々きちんきちんと支払われた。

四年の無駄払いののち、溝田さんに再び声がかかるのは、日本敗戦、マッカーサー司令部厚木進駐打ち合せの使節団を、マニラへ派遣する必要が生じた昭和二十年八月下旬のことであった。

町人服

ジョージ・溝田のことを書いたからには、杉田主馬《すぎたかずま》さんを抜かすわけにいかない。同じく海軍省の中枢にいた文官で、よきゴルフ・プレイヤーであった。

昭和九年（?）秋の大演習の時、文官のくせに杉田さんは、聯合艦隊のあるフネに乗りこんでいた。

「兵隊ごっこを覚えてもらう必要はないんだが、いい機会だから一応見とけよ」

と、海軍大演習の見学参観をさせられたのである。

世界第三位の艦隊が、太平洋上青赤両軍に分れ、怒濤をかぶりながら砲声殷々《いんいん》、はるかに対戦するさまは、演習とはいえなかなか激烈悲壮なもので、見学しているだけで相当疲れる。船に弱い人だと、のびてしまう。ようやく演習終了、別府入港となって、旗艦より信号がとどいた。

「発聯合艦隊参謀長
宛杉田書記官
貴官ハ明日一〇〇〇兵器ヲ持参ノ上三号埠頭ニ集合セラレ度《たし》」

こんな町人服着た人に「兵器持参」とはハテ、何のことだろうと、取次の水兵が不思議そうな顔をしていたが、

「さあすんだぞ。御苦労だった。あす別府のコースでゴルフをやるから、君も来い」

というお誘いで、艦内の自分の部屋に、ちゃんと兵器——、つまりゴルフバッグが積んであった。

溝田嘱託、杉田書記官、肩書から察すると、あまり大事にされていない感じだが、当時二十代の若い杉田さんでも、海軍では町人服が案外大事にされた。本来、軍人社会における文官の地位は低い。陸軍士官学校で何かの儀式の時、文官教授は馬といっしょに並ばされたと、内田《うちだ》百閒《ひゃっけん》先生が書いている。

それを敢て大事にしたのは何故かと言うと、洋上暮しが本すじの制服組ばかりで、ああだこうだやっていると、どうしても視野が狭くなる。専門バカになりやすい。海軍の風通しをよくしておくためには、外部知識人の助言が要ると考えてのことだと思われる。

東大法学部の学生時代、杉田さんは海軍に入る意志なぞ全く持っていなかった。昭和五

年三月、卒業の直前、恩師の穂積重遠《ほづみしげとお》先生に、

「君は成績優秀なのに、研究室へ残るのなんかいやだ、就職は未だ決っていない、のんきなことばかり言ってるが、そんなら一つ、海軍へ行ってみないか。海軍はよそから来た人間をわりに大事にしてくれるところだよ」

名前は書記官だが、要するに海軍省の法律顧問、将来勅任官までの道が開けていると言われ、ふらふらその気になったのである。

すぐ話が通じて、面接試験も何も無しに採用と決り、海軍省の黒塗りの乗用車が本郷へ、二十四歳の法学士を迎えに来た。

「ズンズ局で文官ズンズを担当スている、ホスナゼンスロウ中佐です」

終戦時の軍務局長、戦後宮城一区から衆議院に出る保科《ほしな》善四郎中将が、ひどいズーズー弁で自己紹介をした。

ホスナ中佐に連れられて、海軍省へ就任の挨拶に行く途中、車の中で色々話を聞いてみると、なるほどわりに大事にしてくれるらしい。月給はほかの官庁へ就職なさった東大出の方より十円余計差し上げる、一年後、英国へ留学していただくことになる、それまで、海軍省と東大の大学院と両方に籍を置いて、まあぼつぼつ留学準備の勉強でもしてて下さい――。

言われた通りやっているうちに一年経ち、いよいよ横浜出帆の船で渡英という日、副官

の注意で、大臣室へお礼言上に行った。時の海軍大臣安保《あぼ》清種《きよかず》大将が、

「君、訓令もらったか」と聞いた。「そうか、何と書いてあった？」

「英語、国際法、並びに軍事行政を研究の上帰国すべしと書いてありました」

　杉田主馬が答えると、

「オ」

　安保大将が机の上で大きく手を振ってみせた。

「そんなことはな、何アんにもやらんでええぞ。ただ、彼らがどういうものの考え方をするか、それだけどうか、しっかりと身につけて帰って来てくれよ」

　大臣のお墨つきだから、杉田さんはケンブリッジ大学のトリニティ・カレッジで、二十代半ばの若き日を、よく学ぶ以上によく遊び、ゴルフも覚えたし自動車の運転も習ったし……、三年間の英国生活、充分エンジョイして日本へ帰って来た。その時、二十七歳である。土曜日ごと、フォードの新車の後席へゴルフバッグを積んで海軍省へ出勤する。十一時五十五分になると、

「失礼しまアす」

　高等官食堂で早飯をすませて、さっさとゴルフに出かけてしまう。昭和九年の話ですよ。今、二十七歳の新入社員が、ゴルフのハンディ、シングルで、丸の内の本社へ出勤するのにロールスロイスを使っている、それ以上に目立っただろうと思う。果して、

「あの町人服を着た若僧は一体何だ」

血の気の多い少佐中佐クラスが、あちこちの部局で憤慨しているということであった。

ところが、先任副官はじめ、大臣官房の直属上司たちは何も言わない。知らん顔しているか、ニヤニヤ笑って見ているか、却って薄気味が悪かった。

おまけに秋の大演習ともなると、終ったあと、聯合艦隊参謀長からゴルフのお誘いがかかる。どういうことだろう、君、生意気に見えていかん、ゴルフも車の運転も少しつつしめと、叱言《こごと》の一つぐらい言われても不思議はないのにと、自分でそう思っているうち、何となく事情が分ってきた。

「海軍軍人と同じ考え方、同じ暮し方をする人間が欲しければ、何も東大出の法学士を採用してケンブリッジへ遊学させたりする必要は無い。海軍の軍人と全く別の眼で物を見る人間が要ると思うからこそ、君のようなのを、高給払って雇っている。君は周囲の声を一々気にせず、自由に発言し、自由に振舞っておればよろしい」

公務に支障を来たさないかぎり、個人の生活にみだりな干渉はしないのが、海軍の伝統だというのであった。

これだけ自由かつ大事にされた杉田書記官が、戦争中から終戦時にかけて、ケンブリッジ遊学の成果をどんなかたちで発揮したかは、書くと長くなりすぎる。敗戦直後、ジョージ・溝田と共に、河辺［虎四郎］使節団の一員に加えられてマニラへ飛んだとだけ記しておこう。

帝国海軍消滅ののち、杉田さんは三菱へ再就職した。そうして、民間の大会社というのは、何と封建的で窮屈なところだろうと、びっくりしたそうである。

大蔵省は海軍省

「海軍のよき伝統、よき伝統と書いてるけど、海軍もある面では、ずいぶんひどかったんじゃないの」

という声が聞えて来そうな気がする。

仰せの通り、その通り。ただし、いつ、どんなかたちで海軍生活を体験したかによる。遠い明治の昔は、兵の階級に五等水兵まであった。よくもまあ差別したものだと思うが、五等だか四等だか、最下級水兵の眼を通して眺めれば、海軍がそれほど結構な社会だったわけはあるまい。

私など、臨時雇いのオフィサーとはいえ、曲りなりにも士官の襟章をつけていたから、兵隊さんの立場で怨みつらみを言われると、

「悪かったヨ」

「すみませんでしたねえ」

それ以外、返事のしようが無い。英国海軍を模範にしたせいか、士官と下士官兵と、扱いにえらく差があった。

差があったけれど、比較的よき時代に海軍へ入った人たちは、士官でなくても、たいていが海軍生活をなつかしむ。海軍はつらかったが、今流に言えば、ロマンの香りがしたということだろう。

敗戦の二年ほど前、私が東京勤務中、机を並べて暗号の仕事をしていた佐藤兵曹という秋田出身の優秀な下士官が、戦後、保険屋になった。うちの自動車保険は、十数年間、ずっとこの人にまかせてあったが、やって来て、佐藤兵曹が書類を作りながら言うには、

「何しろ奥さん、陸軍はスマートつウことが、全然分がンねんだから」

滅亡寸前の海軍しか知らない人は、感じ方がよほどちがう。負けいくさにつづく負けいくさ、食う物も無く、乗る軍艦も無く、規律は乱れ平常心は失われ、上官からヒステリックに死ね、死ねと、一億玉砕を吹きこまれて、何が「ロマン」だ、何が「よき伝統」だ——。

文人海軍の会というものがある。かつて帝国海軍のめしを食った文士編集者が、毎年五月二十七日の海軍記念日、一堂に会し、お酒を飲んで昔話をして軍歌を歌うだけの、たわいもない会だが、この日は水兵さんが上座に並ぶ。

海軍上等水兵源氏鶏太《げんじけいた》、同じく林健太郎《はやしけんたろう》、同じく野口冨士男《のぐちふじお》、もう亡くなったけど池《いけ》

島信平《じましんぺい》一水などの面々が、床柱を背負っていて、
「おそいッ。何をもたもたしとるか」
「ここは、お前たちの坐る席ではない」

鬼のおくびや私のような士官を、どなりつける。

この人たちは、私どもよりほぼ十年先輩にあたり、いわばダブルパンチを食らった世代であった。つまり、大学を出たての若く元気なころは、海軍なんか何の縁も無い。もっぱら学術文芸、雑誌編集の道を志していた。それが、戦争末期、三十代の半ばを過ぎて、突然応召となり、士官になんぞとてもしてくれない、十把一とからげ、一番下ッぱの水兵として、状況最悪の海軍で働かされた。

知識人のプライドはおろか、人間の誇りを踏みにじるような仕打ちを、色々経験させられたにちがいない。海軍に関する印象は、概ね悪い。

それでも、海軍が亡んだおかげで、我々後輩の士官が、こういう先輩の水兵たちと仲よくお酒が飲める。向うにしてみれば、恐れ多くも士官と一緒に酒が飲める。いつか野口冨士男さんに言われた。

「僕が横須賀海兵団に入ってすぐのことだが、角刈りにしたら似合いそうな、やくざ風の若い男が、むしろの上で飯をかきこみながら、ボロボロ泣いてるんだ。博打の容疑で府中刑務所へ入れられてたのが、召集令状が来て、急遽海兵団入団ということになったんだね。

そいつが、『一と口に懲役兵役と言うが、懲役の方がよっぽど楽だ』って、泣いてるんだよ」

ここまで来ると、海軍も陸軍も差は無い。しかし、敢て海軍当局の代弁をするなら、例えば野口さんのような、慶応で学んだインテリを、こんな風にして消耗してしまいたくないというので作られたのが、主計科の二年現役制度であり、その延長線上の海軍予備学生制度であった。

昭和十二年夏、中国大陸でいくさが始まった。海軍上層部はこの戦乱に、あまり賛成でなかった。見ていると、大学出の青年たちが召集を受けて、一兵卒として大陸の戦線へ送られ、次々戦死している。あまりに惜しいじゃないか、国家のためにも大きな損失じゃないか。そこで、法学部経済学部卒業予定の学生にかぎり、希望者があれば、試験の上、いきなり主計中尉として海軍へ採用して、いわば彼らを救済する制度を考えついた。

救済といっても、やがて対米戦争になり、大勢の戦歿者《せんぼつしゃ》を出しているが、戦後、各官庁民間企業で、本職に非ざるこの海軍士官たちの生き残りが、大きな働きをしたのも亦《また》事実である。

現在専売公社総裁の長岡實《ながおかみのる》中尉もその一人。数年前、この人が大蔵省主計局長の時、用事があって訪ねて行ったら、

「ついでに省内、ちょっと御覧に入れましょう」

と、廊下を引っ張り廻して、あちこち案内してくれた。

「ここは次官室です。次官は主計科短現の六期」

「理財局長は、九期だから、阿川さんと同年同月の海軍入りでしょ。会ってみますか」

「ええと、この部屋の主は、予備学生四期の、航空隊の中尉でして」

あきれて私は口をはさんだ。

「長岡さん、どうでもいいけどネ、大蔵省というのは、旧海軍ばっかり集めてるんですか」

あの時代、私どもがちょうどそういう年齢層だったのに反し、野口冨士男さん、源氏鶏太さん、池島信平さんらは、一と廻り上だったため、ひどい目に遭ったのである。

もっとも、同じ二年現役の主計科士官でも、初期と末期とでは、言うことがちがう。旧海軍在籍者の親睦団体「水交会」の雑誌「水交」で、この間、一期から十二期まで、彼らの代表が座談会をやっていた。一期代表は、

「私どものクラス、みんな海軍が好きでありまして、I君など、もう一度海軍が出来るなら、水兵でもいい、司令官でもいい（爆笑）、また入りたいと言っております」

と発言しているのに、十二期代表は、

「記念文集を出版する時も、一部の同期生が、『海軍のことなんか思い出すのもいやだ』という反応を示しました」

と告白していて、なかなか微妙である。

泥水すすり草をかみ

それでは、私自身の海軍体験はどんなものだったか。

予備学生採用予定の通知を受け取ったのが昭和十七年の夏、ミッドウェー海戦のすぐ後だが、あの大敗北は一般に知らされておらず、帝国海軍といえば、

「無敵の艨艟《もうどう》　勝利のつばさ」

連戦連勝のイメージが未だ強かった。

同期生五百五十数名、ほとんどが最初、海軍に対してある種のイリュージョンを抱いていたと思う。色んな点で、陸軍よりマシ、居心地がずっといいだろうというわけである。

そう簡単には問屋が卸してくれないと分って、入隊後、みんな、

「これがほんとの海軍ダマシ」

と不平を言ったけれど、それは、甘いイリュージョンを抱いた我々の方が悪い。相手はとにかく軍隊であった。

思い起せば、四十何年昔の場景《じょうけい》が、いくつも浮かび上って来る。不平を言いながら、「オヤ」と思うような経験もしている。しかし、それを語る前に、兵科予備学生制度についてもう少し説明する必要があるだろう。

いや、そのもう一つ前に、何故それほど陸軍がきらいだったかを書いておく方がいいだろう。

二・二六事件の起きた時、私はもうすぐ四年に進級する広島の田舎中学生であった。特定のどんな思想にもかぶれていなかったが、「国体顕現ノ至情ニ基ク」などと称して、軍人がああいう野蛮な人殺しをやったことに、ひどく腹を立てた。学校から帰って来て、

「僕は、これじゃけえ、陸軍がきらいじゃ」

広島弁丸出しで悪口を言っていたら、そんな大きな声出しなさんな、奥の部屋で丸橋さんがお父さんと碁を打ってなさる、聞えたら悪いと、母親にたしなめられた。丸橋さんというのは、近所に住んでいる予備の陸軍大佐であった。

その翌年、大陸のいくさが始まる。年末南京攻略、翌昭和十三年、広東占領、武漢三鎮占領。広島でも、盛大な祝賀の提灯行列がおこなわれた。私は高等学校の生徒になっていたが、提灯行列に行かなかった。

「いくら何でも、あれをすッぽかすのは非国民だぞ」

と、クラスメイトの某に非難された。

この年、朝日新聞社が「皇軍感謝の歌」を全国から募集し、当選したのが「父よあなたは強かった」——、例の「泥水すすり草をかみ」の戦時歌謡である。

中国侵略中の、——などとは言わない。大陸で勇戦中の皇軍将兵に感謝の気持を捧げましょうと、朝日新聞がこれを公募したのですよ。今の朝日からは想像出来ないと、あなた方お思いかも知れないが、なに、一つ裏返せば今も同《お》ンなじなんで、だから大新聞の書くことやること、あまり信用してはいけないのです。

それはともかく、この歌をアメリカ軍の将校に翻訳で聞かせると、意味がどうしても理解出来ないと言うそうだ。

炎天下、敵軍の遺棄死体が未処理で、第一線の兵士が、腐りかけた死骸といっしょに寝ている。咽《のど》がかわくが飲む物が無いから、クリークの泥水をすすっている。腹がへって、レーションの代りにそのへんの草をかじっている——。そりゃひどい。兵站《へいたん》補給がまるでなってない証拠だ。ほんとうにそんな状態だとすれば、反乱が起きてもおかしくない。

「これは、反戦グループが陸軍当局に対するいやがらせで作った反戦歌か」

「ちがうちがう。軍が前線でどんなに苦労しているかを表現して、これに感謝し、かつ国民の士気を昂揚するために作られた大ヒット曲だ」

「補給がうまく行っていないことを歌うと、何故日本人の士気は昂揚するのか」

当時私が、そういうアメリカ式考え方をしていたわけではないけれど、大陸の戦乱を、新聞の言うような「聖戦」とは、どうしても思えなかった。

徴兵検査の結果、五体満足と判定されれば、いずれ兵隊に行かなくてはならないのだが、新兵生活が如何に陰惨なものかも知っている。その上、前線へ送られて、「泥水すすり草をかみ」――、陸軍へ入るのが実にいやであった。

ところが私は、東大の国文科へ進んで、出来れば将来小説家になりたいと思っている。そのころの東大文学部は、ほとんど無試験。その代り、卒業しても就職口のいいのを見つけようなどと思うのは心得ちがい、世間のお役に立たぬ勉強をするところとされていた。実地の用に立たぬ青年を、海軍は採る気が無く、文学部へ進んだら、法科経済の学生のように、二年現役主計科士官として海軍行きは望めない。いやでも陸軍。

やがて大学生になって東京へ出て来たものの、事変は一向片づかないし、もしかすると逆に日米戦争。兵隊のがれの道は、もはや無さそうであった。

ある日、憂鬱な気分で文学部の掲示板を見ていたら、

「海軍予備学生（兵科）募集の件」

という小さな告知が出ていた。夢中になって読んだ。希望者は試験の上、若干名を少尉候補生に準ずる身分で採用、約一年間の教育を実施し、海軍予備少尉に任官せしむる予定云々。今流の表現をすれば、

「やッたア」

　という感じである。

　文学部、理学部、農学部の者にも、どうやら海軍士官への道が開かれたらしい。これで、陸軍へ行かなくてすむかも知れない。

　それにしても、海軍は何でまた、こんなことを思いついたのだろう。源氏物語、古今集はもとより、美学、フランス文学、理学部人類学、農学部農芸化学、およそ近代海軍と無縁の分野である。そんなものを専攻した学生を採って、海軍少尉に仕立てて、一体何をさせるつもりか。

　伯父さんが海軍だという友人に訊ねてみると、

「どうも、アメリカのマリーンを御手本に考えているらしいよ」

　アメリカ海兵隊なら、たしか勇猛を以て鳴る上陸作戦専門部隊、陸軍とあんまり変らないがマアいいやと思っているうちに、十二月の寒い朝、下宿のラジオで、

「帝国陸海軍は本八日未明西太平洋において」

　という臨時ニュースを聞くことになった。

気ヲツケラレマス

海軍予備学生制度というものは、昭和一トけた時代からあることはあった。日本学生航空聯盟海洋部、そこへ集《つど》う飛行機ファンの大学生たちに、霞《かすみ》ケ《が》浦《うら》航空隊見学とか、体験搭乗、操縦実習、海軍がいろいろ便宜をはかってやる。その代り、卒業後の兵役は海軍でつとめなさい、空の予備士官として二、三年働いて、それから本来の就職先、銀行なり商社官庁、学校へ、戻りたければ戻ればいい、いざ鎌倉の時はまた来てもらう……。

学生の方も、一兵卒として陸軍へ行かなくてすむし、大好きな飛行機に乗れるし、結構なのだが、当時の日本では、飛行機マニアの青年そのものが、そんなに大勢いなかった。昭和初年、アメリカの民間パイロット総数約五万人、それに対し、日本で操縦のライセンスを持つ民間人、たしか二十何名と言われていた。

したがって、飛行科予備学生として海軍へ入る者の数も知れたもので、毎年五人、十人程度、世間の華々しい話題にはならなかった。

「雲流るる果に」

とか、

「ああ、同期の桜」

とかなら、皆さん御存じでしょう。「雲流るる」が十三期戦歿飛行予備学生の遺稿集、「同期の桜」が十四期の遺稿集、映画化されたりして名高い。しかし、それより前のクラス、九期とか七期とかにどんな人がいて、どれだけ戦死したかとなると、知る人は稀である。ごくごく小人数のグループが、一期、二期、三期と、年々この制度を細々ながら守り育てて来た。

そのうち、日華事変が始まる。天下の雲行きは次第に怪しく、万一の日米戦争に備えて海軍は大拡充計画を立てる。拡充計画はいいけれど、人が足りない。特に先行き、初級士官のいちじるしい人員不足が見込まれていた。どうすればいいか？　答は簡単で、

「江田島の海軍兵学校自体をうんと拡張して、毎年千人ぐらいずつ生徒を採ればいい」

作戦当局（軍令部）はそうしろと言うのだが、海軍省は反対であった。

一とクラス千人も採ると、あとでどうしても使い捨ての人間が出て来る。兵学校に学んで一応一人前の本職海軍将校となった以上、せめて名誉大佐まで全員行ける道を講じておいてやらないと、弊害が生じる。陸軍にその例が見られる。少佐で首になった人が、事変

勃発後再召集され、十も後輩の聯隊長にこき使われるため、指揮系統が乱れているというような例である。それを避けるには、江田島の一期、せいぜい六百人が限度だと、海軍省側は判断していた。

数の上の、このギャップを埋めるため、海軍省人事局が考えついたのが、従来の飛行科だけでなく、陸戦、通信、機雷関係など、一般兵科をふくめた予備学生の大量採用案であった。この連中なら、もともと大将元帥になる気が無いのだから、大尉少佐で使い捨てにしても、恨まないだろう。むしろ、少佐になんか進級させないで、早目に娑婆《しゃば》へ帰してほしい方だろう。

そのころ——、飛行科予備学生のクラスが九期目を数える昭和十六年初め、人事局に大《おお》井《い》篤《あつし》というアメリカ帰りの中佐がいた。「いた」と言っても、過去の人ではない。それから四十三年経って八十を越した今なお、たいへん元気で、記憶も正確で、この間大雪の日、齢《とし》も弁《わきま》えず銀座を歩いていて、

「危いなあ、辷《すべ》って転ばれたんでしょう」

「いやァ、転びやしませんがネ、雪の上でステッキに力を入れて突っ張ったため、ちょっと肩をいためてね」

五十肩というのはあるけど、八十肩ですかと、家の人にからかわれたそうだ。

人事局の局員時分は、未だ若くて、おそろしくシャープな理屈屋であった。ヴァージニ

ア大学、ノースウェスタン大学に学び、アメリカ政治史の研究をし、米陸海軍が予備員制度というものを大変重視していることも調べて帰って来た急進派のリベラル士官で、数字と理屈をもとに分析するかぎり、日本が対米戦争など戦い抜けるわけがないと思っている。今のままでは帝国海軍も駄目だと思っている。この大井篤中佐が、兵科予備学生制度実現のデスク・プランを作成した人である。

一番の問題点は、年間五百人もの大学生が、果して海軍を志願するかどうかであった。これまで飛行科だけの時は、いわば同好の士を少数集めていればすんだが、範囲を一般兵科にひろげて大量募集するとなると、美学だフランス文学だ印度哲学だで暮している大学生たちが、この制度によほど魅力を感じてくれなくては困る。そのため、大井中佐は大学教育に敬意を表して、学生の分相応、或は相応以上の待遇を与える決断をした。つまり、予備学生採用と同時に、中尉に任官するのである。これなら人気が出て、応募者が多いかも知れない。

お手本は、昭和十三年発足の二年現役主計科士官制度で、彼らは築地《つきじ》の経理学校へ入ったその日から、海軍主計中尉。海軍のこと、何ンにも分らない中尉さんだが、ヴェテランの下士官教員に、

「谷村学生、気ヲツケラレマス」

「中曽根学生、背スジヲモット伸バシテ頂キマス」

と言って指導教育された。

こちらが教養ある立派な紳士として遇すれば、向うもそれにふさわしい立派な働きをしてくれる。法科経済出のド素人が、専門家集団の海軍で役に立つかと、最初相当疑問視されたが、結果は予想外の好成績で、今や海軍省、各鎮守府、艦隊の各艦船、主計科の要所要所で彼らが活躍している。

あれに準じてやればいいと、大井局員の立てたプランに、陸軍から強硬な横槍が入った。

「陸軍の幹部候補生は、入隊後、兵の苦労も充分味わせた上で、やっと見習士官に登用するんだ。最初から中尉などと、とんでもないことをしてくれちゃ困る。学生がみんな、海軍へ行ってしまう」

それで、予備学生の身分は、採用時、兵曹長の上少尉候補生の下と、改められた。

「あんたたち、陸軍のおかげで、三階級損したんだよ」

と、戦後二十何年目かに、大井さんの打ち明け話を聞かされた。

東大文学部のアーケードで私が見た「海軍予備学生（兵科）募集の件」という掲示は、三階級損と決ってからのもので、その二期生が私たち、四期生が鬼のおくびら学徒出陣クラスになる。どちらの期も、「気ヲツケラレマス」というような教育は、もはや、してもらえませんでしたがね。

人のいやがる軍隊に

アメリカとの戦争が始まって四カ月後の昭和十七年四月十八日、私は杉並区役所で徴兵検査を受けた。漫画のような顔をした陸軍大佐の徴兵官が、壇上から、

「アガワヒロユキ甲種合格」

名誉であるぞと言わんばかりに、一種の節をつけて申し渡した。

「アガワヒロユキ甲種合格」

教えられた通り復唱し、お辞儀をして、わきへ下ると、世話係の下士官が、

「これから入隊まで、大事な身体だ。健康に呉々も気をつけてナ」

と親切そうに言う。

「いやだよ」と、内心私は思った。「海軍へ行くつもりなんだから」

甲種合格、ありがたいようなありがたくないような気持で、外へ出た途端、サイレンが鳴り出した。

四月十八日――。何か気がつくことはありませんか。そう、ドゥリットル爆撃隊東京初空襲の日だったのです。防空演習ではないと、誰かが教えてくれた。高射砲の音がして、人々が走っていた。これより満一年後の昭和十八年四月十八日には、山本聯合艦隊司令長官が戦死するし、日本にとって、あんまり縁起のいい日ではない。

しかし、戦争末期のB29の大空襲に較べれば、被害らしい被害も無く、ほんものと分っても、大したショックは受けなかった。あとで、奴らドゥリットルじゃなく、do nothingだったという洒落が出来た。

実際アメリカとしても、目下連戦連敗の汚名を雪《そそ》ぎ、士気を昂揚するために、航空母艦から双発大型の陸爆B25を発進させて、一応日本各地を叩くスタンド・プレイをやってみせただけのことだったろう。

その晩、西大久保の友だちの家で、麻雀をして遊んだ。メンバーはみんな、文学部の学生である。俺、甲種合格だった、俺は第一乙と、徴兵検査の話、入営入隊の話がはずんだ。誰もがさぞ深刻な、憂鬱な顔つきでと、お思いかも知れないが、そんなことはない。ワイワイがやがや、麻雀をやりながら、

「君がそれほどすすめるんなら、僕も海軍予備学生受けてみようかなあ」

と言うのがいる。

「海軍なんかいやだ。板子一枚下は地獄ってのはおッかないぜ。俺、陸軍の土くせえ方が

好きだ。仙台の榴《つつじ》ケ岡の聯隊へ入るんだ」

と言うのもいる。

榴ケ岡の聯隊に御執心の友人は、実は郷里の仙台に彼女がいて、「男船乗りかもめどり」という風になりたくなかったのであった。

「海軍の制裁は、陸軍よりもっと陰惨だって」

「大体、太いロープに片手でつかまって、天井までよじ登れない奴は採らないってよ」

そんなことを言われては困る。器械体操全然駄目、尻上りもろくに出来ない。

その後私は、陸軍へ行きたくない一心で、鉄棒の練習に精出した。講義の終ったあと、大学のグラウンドで、

「ほら、そのケツをもう少し持ち上げろ」

と、麻雀仲間たちがよく応援してくれた。

築地の海軍経理学校で行われた予備学生採用試験が、どのくらいの競争率だったかは、はっきりしない。十倍から十五倍の激戦、五百名の採用予定に対して五千人以上が押しかけたという説もあるし、なアに、あのころは応募者、そんなにいやしなかったという説もある。とにかく私は採ってもらいたい。これに落っこちると、おやじの郷里、山口の田舎で、陸軍歩兵二等兵として入営することになる。従兄から、

「中隊長がこの村の出だ。心配要《い》らない。よく頼んでおいた」

などと、いやな手紙が来ている。

まず筆記試験があって、次に体格検査、それから口述試問になった。名前を呼ばれて入室すると、こちらは一人なのに、紺の制服の少佐中佐が二、三人、試験官として坐っていた。

第一問。

「横浜・シアトル間は、シーマイルで何マイルあるか」

文学部の学生に、こういうことを聞いてはいけませんよ。開戦前、たしか郵船日枝《ひえ》丸、氷川丸が、シアトル航路に就航していたとまでは知っているが、その航程なぞ知るわけがない。

世界地図を一所懸命頭に浮かべ、キロメートルじゃないんだぞ、陸のマイルでもないんだぞと、自分に言い聞かせて、

「約四千五百マイルであります」

大声で答えた。

無茶苦茶にちがってはいなかったはずである。

第二問。

「赤道を実在の帯と仮定せよ。この帯を三メートル長くすると、地表面からどのぐらい浮き上るか」

これもいけません。いけませんけれど、今よりは頭が柔軟であった。赤道を三メートル伸ばしても、何も起らないように思えるが、よく考えると、意外に浮き上る。三・一四の円周率の問題だと気がついて、当らずといえども遠からずの数字を答えた。

第三問。

「お前は何故海軍を志願したか」

待ってました。これは待っておりました。

「はいッ、陸軍がきらいだからであります」

待っておりました上での本音とはいえ、よくあんなことを平気で言ったと、あとになって思う。

軍の悪口と皇室批判は、うっかり口にするとたいへんなことになる時代であった。

「そうか。陸軍も海軍も、共に陛下の軍隊であるが、お前は陸軍がきらいで、徴兵を忌避するために海軍を志願したのか」

という風に開き直られたら、私はしどろもどろだったろう。ところが、実際には、中佐の試験官がニヤッとした。俺も陸サンがきらいでネと言いたげなニヤリであった。

あとは及落の発表を待つばかり。

一カ月経っても何の通知も無く、駄目だったかな、村の出の中隊長殿の御世話になる運命かなと、不安になり出したころ、「海軍省人事局」のハンコを捺《お》した分厚い速達が、下宿へ届いた。

「海軍予備学生（兵科）ニ採用ノ予定ニ付テハ九月三十日（水）午前八時佐世保第一海兵団ニ出頭相成度」

と書いてあった。わッと飛び上りたいほど嬉しかった。中学、高等学校の入学試験に合格した時より嬉しかった。「人のいやがる軍隊に、志願で出て来るバカもある」という歌があるぜと言われても、ほんとに嬉しかったのだから仕方がない。

六ツかしござる

昭和十七年九月末日、佐世保海兵団に集合したわれわれ五百数十名の採用予定者は、ここで最後の再検査を受けた。と言っても、

「赤道を実在の帯と仮定せよ」

だの、

「お前は何故海軍を志願したか」

だの、そんなことはもう聞かれない。

軍医が、主として胸の診察をするだけである。うっかり肺病のケのある者を採ると、あとあと厄介だから、その点、念には念を入れて神経質であった。

これも合格。軍楽隊が軍艦マーチを演奏する中、いよいよ海兵団を出発して桟橋へ向う。台湾へ連れて行かれるのだと、もう知っている。沿道、女の子も混じる友人縁者。佐世保市民たちの、「ばんざい、ばんざい」「行ってらっしゃい」の声に送られて、威風堂々意気

軒昂と申したいけれど、ほんとはずいぶん心細かった。

台湾のどこでどんな鍛えられ方をするのか、見当がつかないし、近くの列中に知った顔は一つも無い。足並み揃わず、服装はてんでんばらばら、外面内面とも、勇壮ならざること甚《はなはだ》しい。

桟橋へ着くと、大きな石炭船みたいなものが待っていて、全員これに詰めこまれた。沖にいるのは、海軍に徴用された大阪商船南米航路船のあるぜんちな丸。石炭船が動き出し、軍艦マーチが遠くなり、

「本船へ着いて舷梯を上ったら、ただちに一等サロン前に集合」

教官が言うから、

「ははア、さすが海軍。俺たちを一等船客として扱ってくれるんだな」

一瞬、そう思った。よく考えてみれば、クイーン・メリー号じゃあるまいし、南米移民船に五百人分の一等船室なぞ、あるわけがない。サロンの前に整列して、乗船中の注意事項を聞かされて、あとは、

「下の三等船室へ、かけあしイ、急げ」

あるぜんちな丸は、もうすぐ航空母艦に改造されるのだそうで、ファネル〔煙突〕マークを取りはずし、改装工事の下準備をしていた。

その日、横っ腹を魚雷でやられて斜めにかしいだ輸送船が一隻、入港した。東支那海に

敵潜水艦があらわれたとのことで、あるぜんちな丸の出港は延期になり、ようやく佐世保を出たのが、十月の三日だったか四日だったか——。

烏合《うごう》の衆の私どもも、夜半の対潜見張りに立たされる。膝が突ンのめりそうなほど眠いのを我慢して、本職の下士官といっしょに暗い海を睨んでいたら、

「夜航海もなかなか味のあるもんでしょう」

その下士官見張員が、さりげなく話しかけて来た。

「ミッドウェー海戦のことを、あんた方はどの程度ご存じですか」

特に知らないと答えると、

「何もご存じなければ、言うてはいかんのかも知れんが、日本の航空母艦はミッドウェーでごっそりやられて、赤城も加賀も、蒼龍も飛龍も、もうおらんとですよ」

戦局はあんたら学生が想像しているよりずっときびしい、ラジオの大本営発表みたいな景気のいいものではないと、ひそかに教えられたようで、何だかいやアな、不吉な気がした。

船の便所は、海水を使う水洗式である。夜、用足しに入ると、白い便器が夜光虫で、一面蛍光色に輝いて美しい。しかし、ぼおッと光る夜光虫だって、見方によっては不吉だ。合格通知をもらった時あんなに喜んだのに、心はとかく滅入りがちであった。

それでも無事、台湾の東岸から南端鵞鑾鼻《ガランビ》を廻って、高雄へ入港した。高雄の南方、東

港というところで、これからわれわれ二期兵科予備学生の基礎教育が始まるのだが、あんまり詳しい日常を書いても、みなさん興味ないでしょう。

話を、三十年ばかり飛ばすことにする。

以来長い年月が経ち、いつか禿と白髪になってしまったわれら生き残りの同期生、何人かが集って、一夕お酒を飲んでいた。会えば若き日のことなつかしく、あるぜんちな丸の中でどうした、東港でどうしたと思い出話になり、

「それより前のあれだがね、ほら、経理学校で口述試問があっただろ。あの時、俺はこれこれだったが、君たち、何を聞かれた？」

私が訊ねたら、

「俺か、俺は実に変な質問されたぞ」

一人が言った。

「ここに六つの菓子があって、五匹の猿がおる。菓子に一切手を加えず、これを五匹の猿に平等に分け与えるには、どうすればよいか」

かねて、海軍は高等数学を重視すると聞かされていたので、

「微分か積分か、てっきり数学の問題だと思っちゃって、そんなら俺、どうせダメだ、せめて悪びれないとこを見せてやろうと、『分りませエん』、大声で答えたんだ」

「そしたら？」

「そしたら、試験官がにやッとしやがって、『そうか。分らなければ教えといてやるが、これは六ツかしござると言う』だってさ」

「その話、知ってる」

と、別の同期生が口を出した。

何でも、私どもの時代よりもっとずっと昔、海軍大学校でこれをやられた学生がいるのだそうだ。

海軍大学校甲種学生の試験というのは、予備学生採用試験などと、程度がちがう。将来聯合艦隊の長官、参謀、省部の局長、部長、在外武官、そういうポストにつくべき人材を、毎年少数ずつ選んで、レベルの高い専門軍事教育を施すのだから、試験も自然むつかしいものになる。

甲種学生採用試験の当日、海軍省へ行っても用は足りないと言うくらい、本省の局長課長総出で、試験委員としてこれにあたる。受験資格は、海上勤務一年以上の兵科の大尉または少佐、つまり海軍士官としてすでに一人前の人たちなのだが、これを一人ずつ部屋へ呼びこんで、ずらりと並んだ大佐少将の委員たちが、次から次へ、意地の悪い質問を浴《あび》せかける。脂汗が出るまで、徹底的にいじめ抜く。

受ける方、駆逐艦の艦橋にでも立たせてもらえば、沈着豪胆、立派にやって見せるのだが、この日はどうもいけない。固くなるまいとしても固くなるし、あがるまいと思っても、ついあがる。

そこへいきなり、

「六つの菓子と五匹の猿」

と来たから面食らった。その詳細は次回をお読みいただきたい。

ドナウ河の水深

海軍大学校の本庁舎二階、試問室があって、部屋の前の廊下にベンチ、壁には注意事項を記した大きな紙が貼り出してある。

「左記ノ各項ヲ熟読ノ上、名前ヲ呼バレタラ入室セヨ」

受験者はベンチにかけて、この掲示を見ながら順番を待っている。扉の内側では、前の奴が目下いじめられている最中。

やがて向うはしのドアがあいて、一人出て行くと同時に、中より声あり、

「次、何々大尉」

「はいッ」

と立ち上って、部屋へ入った途端、並いる試験委員から次々、さまざまな質問が集中する。むろん、多くは戦術関係諸例則関係のまともな問題だが、その合間に、変った試験官がいて、変なことを聞く。

「君はさっき、そこの階段を二階へ上って来たはずだが、本校のあの階段、何段ある？」

「はッ？　階段。正確には覚えませんが、十六段ぐらいかと存じます」

「十六段ぐらい？　アヤフヤだな。注意事項はよく読んだか」

「読みました」

「誤字脱字がいくつあった？」

いかん、こりゃひっかけだと、少々狼狽しているところへ、第三問。

「ここに六つの菓子があって、五匹の猿がおる」

――海軍はどういうつもりで、そんな駄洒落を試験問題に使ったんだろうと、友人の話を聞いて、われわれみんな不思議がった。

すぐ底が割れるから、度々使える手ではないが、この問題には、

「六本の樫の木があって、五匹の猿がおる。各々の樫に猿を一匹ずつとまらせるにはどうすればよいか」

という変型もあるそうだ。正解は同じく「六ツかしござる」。しかし、駄洒落を知っていて、

「六ツかしござるであります」

と答えたら満点なのか。おそらくそうではあるまい。

お酒を飲みながら、私たちが語り合っての結論は、結局、不意を突かれた時の反応を見

ているんじゃないだろうかということになった。ひっかけられたと気づいてかあッとなる者、ひっかけられたことにすら気づかない者、これは落第、思いがけぬ状況下に置かれた時、海軍の指揮官には多面思考の出来る能力が要求されるということなんだろうヨと。

昔の同期生たちとそんな話をした半年後、私はたまたま「文藝春秋」の「鼎談書評」を読んでいて、あッと思った。どんな本の書評に関連して談そこへ及んだのかは忘れたけれど、東大の木村《きむら》尚三郎《しょうざぶろう》教授が、私にとって大変興味ある発言をしておられた。

フランスに略称ＥＮＡという学校がある。エコール何トカ何トカ、エリート官僚の養成を目的とするフランス一むつかしい学校だが、ここの卒業口述試験には、時々珍しい問題が出る。例えば、

「ウィーンにおけるドナウ河の水深を問う」

然るべき数字など挙げてみても、ろくな点はもらえない。いやしくもＥＮＡを卒業するほどの学生に期待されるのは、もう少し別の智恵だ。

これにもし、百点満点の模範解答ありとすれば、

「御承知の通り、ドナウ河は約八キロにわたってウィーン市内を東へ流れております。どの地点の水深をお答えすればよろしいでしょうか」

と、問題を逆手に取って試験官をやりこめた場合であろうと。

余談だが、ドナウはいい河だ。西南ドイツの森の中から流れ出て、オーストリア、チェ

コ、ハンガリー、ユーゴースラビア、ブルガリア、ルーマニアの山野をひたし、全長二九〇〇キロ、ソ連領で黒海にそそぐ。いい河だけれど、ヨハン・シュトラウスのワルツ「青きドナウ」で、青々とした流れを想像していたら大まちがい。

斎藤《さいとう》茂吉《もきち》の「ドナウ源流行」、ドナウエシンゲンの近くまで遡《さかのぼ》れば、多少清流らしくなるけれど、ウィーンやリンツあたりで見るドナウは、滔々《とうとう》たる大濁流、「ドナウ河は恋をしている人にだけ青く見える」という説がある。

しかし、濁流であろうとなかろうと、ヨーロッパの人々にとっては、興亡何千年の歴史と切っても切り離せない大河で、思いがこもっているから、ENAの試験官が「ウィーンにおけるドナウ河の水深」などという問題を考えつくのだろう。

それにしても、彼らの学生テスト法と、日本海軍の口述試問のやり方と、どこか似ているのを感じる。海軍のは、もともとヨーロッパからの輸入ダネではなかったか。つまり、ENAだけでなく、フランスだけとはかぎらず、西欧知識階級の中に、人の意表を突くこういうテストの仕方が、伝統としてあったのではないか。在外アタッシェたちが、何かの機会にそれを知り、

「こいつは面白いや」

と本国へ伝えたのが、だんだん日本流にかたちを変えて、「六ツかしござる」まで来たのではあるまいか。

私の臆測にすぎないけれど、ギリシャ彫刻だって日本の仏教美術に影響を与えているんですからね。

そのつもりで調べてみると、この種試問の例が、ほかにも存在する。

東大工学部船舶工学科の学生が、海軍の造船士官を志す場合、試験はかなりの難関だが、ある年、

「蟻《あり》の歩くスピードは何ノットか」

と聞かれたのがいる。これなど、「ドナウ河の水深」にそっくり、数字では駄目、試験委員の方は、

「蟻と申しましても、日本だけで約百五十種類の蟻がおります。どの蟻のスピードでお答えしましょうか」

誰かそう言う奴がいないかと期待していたことだろう。

同じ造船科士官志望の学生で、

「君の満年齢、正確には何年何カ月か」

と聞かれ、

「はいッ、こればかりは時々刻々変っておりますので、お答え出来ません」

と答えて、好成績で採用された人がいるのである。

靴磨き海軍

スチュワーデスの話によると、東京大阪間、東京福岡間のジェット機に、何々組の大親分といった感じの客がよく乗りこんで来る。ほんものの親分か、一見ヤクザ風の堅気か、初めのうちはなかなか区別がつかないけれど、実は見分けるポイントが一つあって、足もとを注意すればいい。ほんものなら、靴が非常にきれいで、必ずピッカピカだという。

それを聞いて、海軍が靴の手入れにうるさかったのを私は思い出した。

昔浅草で、海軍士官のにせものが捕《つかま》ったことがある。

イキな中尉さんに身をやつし、女をひっかける気か無銭飲食の魂胆か、また聞きだからそれは分らないけど、本人、ほんものそっくりに化けたつもりで、活動写真の看板を見上げていた。その様子を、交番の巡査部長がじッと観察していた。

「おかしいナ、どうも」

普通の警官なら気づかないのだろうが、その巡査部長は、たまたま海軍の兵曹上りであった。どこがおかしいかと言うと、靴の磨き方がおかしい。だけど、うかつに不審訊問なぞして、もしほんものだったら面倒なことになる。

昭和八年、大阪でゴー・ストップ事件という有名な事件が起きている。赤信号を無視して交叉点を渡ろうとする陸軍の兵隊を、巡査が止めたため、言い争いになり、双方ゆずらず、師団司令部と警察上層部の対立に発展した。軍の威光を笠に着られると、警察は万事やりにくくて、苦手なのである。

どうしたものか、迷っているところへ、ちょうど憲兵が通りかかった。憲兵に委《まか》せようと、元海軍一等兵曹の警官は、そっと耳打ちをした。

「あすこで看板を見ているあの海軍中尉、にせものだと思うんだが」

そうか、しかし帽子も短剣も襟章も、一応きちんとしてるじゃないか、何を根拠ににせものと思うのかと、憲兵が反問した。

「靴がきたないですよ」

先のほうだけ光らせて、かかとが磨いてない。ほんものの海軍士官なら、そんなはずないんだから……。

実際海軍は、どういうものか、靴のよごれに関して、むやみとやかましいことを言った。海兵団入団早々の新兵でも、靴ばかりはピカピカに磨き上げていた。

休暇をもらって三等汽車でくにへ帰る時など、みんな手荷物の中へ、何は無くとも靴墨と靴ブラシを入れて行く。故郷の駅が近づくと、下士官も水兵も、荷物からそれを取り出して、道中よごれた短靴の掃除を始める。その光景を、たしか吉屋《よしや》信子《のぶこ》が随筆に書いていた。

　憲兵は挙手の礼をした上で、

「ちょっと伺いますが」

と、海軍中尉に近寄って行った。

　結果はやはり、にせものであった。制服制帽短剣は古道具屋で買ったものだったそうだ。中尉にせ中尉がどんな処罰を受けたかは知らない。詐欺めいた行為が無かったとして、中尉さんに化けただけで当時罪に問われたものかどうかも分らない。

　しかし、海軍もヤクザも、靴の磨き方で、にせものかほんものか分るという話には、興味を覚える。大体、海軍の起源は海賊なのである。つまり海上の暴力団、ヤクザと海軍と、気質的に一脈通じるところがあるのかも知れない。

　かの山本五十六さんだって、

「俺ァ海軍やめたら、モナコへ行ってバクチ打ちになるんだ」

と、壮年のころ半分本気だったのです。

　私どもも、台湾の東港で基礎教育中、組へ新入りの若い衆なみに、

「靴の手入れをちゃんとしろ」

「靴がきたない」

と、始終怒鳴られていた。

日曜日、外出の前、上陸点検というものがある。各分隊ごと、一列に並んで、服装容姿のチェックを受ける。

「誰それ学生、一歩前へ。靴のかかとが磨いてない」

と来たら、外出どめ、バナナやトンテキにありつけなくなるから、みんな靴の手入れには大変熱心であった。

襟のカラーについても、上陸点検の時やられる。

「何がし学生。そのカラー、ちゃんと取り替えたのか」

「いいえ。大して汚れていなかったので、取り替えませんでした」

「汚れていようがいまいが、海軍士官は外出の度に、カラーを新しいまッ白なのと取り替えるもんだ」

靴とカラーで戦争するわけではあるまいに、ずいぶんキザでスノビッシュなことを言ってたもんだと、そうお思いになるでしょう。

私自身、四十一年前の光景を思い出して、多少のなつかしさと共に、やはりある種の違和感を覚える。

英国流のジェントルメン教育、一種のキザに徹し切るというなら、それはそれで分るが、そのへんが甚だあいまいであった。

「私は九州出身の一介の山猿だが、山猿でも、海軍へ入って十数年経つと、この程度にはスマートになれる」

だからお前たちもと、靴やカラーにうるさかった教官（大尉）が、一方で、

「これまで皆の受けて来た自由主義教育は、こんにちの日本の時世には合わないのであるから」

精神訓話の時間、そういうお説教をするのを聞いていると、「この人の頭の構造、どうなってるのかなア」と思わざるを得なかった。

自称山猿のスマート教官は戦死したが、もう一人別の教官（中佐）が、生き残って、敗戦後三十二年目、予備学生教育をテーマに一冊の本を出版した。私ども教え子が集って、ささやかな出版記念会を開いた。その席上、主賓が、

「諸君の中には、当時、やや自由主義的なものの考え方をしている人もおられたが……」

と仰有《おっしゃ》るので、黙っていられなくなって、私は口を出した。

「教官。只今のお話は、失礼ながら、『諸君の中には、当時、自由主義的なものの考え方をしていない者もおったが』のお間違いではありませんか。私どもの多くはその立場で海軍を志願し、そのつもりで海軍に好意を持っていたのですから」

分って頂けたかどうかは、分らなかった。

見て地獄

「キーテホーコク」

口を揃えてみんなが小学生のように声張り上げると、すみの方で、誰か、

「ミテジゴク」

ぼそッと言う奴がいる。

われわれ予備学生の、発光信号送受信練習風景である。

合調音というものがあって、モールス符号のトンツーを、イ（・—）は「伊藤」、ロ（・—・—）は「路上歩行」、ハ（—・・・）は「ハーモニカ」、それぞれ意味のある言葉に置き変えて記憶する。キ（—・—・・）の合調音すなわち「聞いて報告」だが、連想作用が働くから、つい、

「（海軍は）聞いて極楽見て地獄」

と言いたくなるらしい。

「ミテジゴク」

　小声で茶々を入れられると、折角覚えかけていたものが頭の中でこんがらかる。「ミテジゴク」（・・・・・）と短符五つなら、本来は数字の「5」でなくてはいけない。

　頭がこんがらかった結果、あまり熟達の域には達しなかったけれど、信号関係通信暗号関係は、私の好きな学科で、発光信号の送信や無電の発信、ゆっくりとなら今でもやれる。ほんとうはしかし、台湾東港における私どもの基礎教育は、いくらきびしくても、

「見て地獄」

と嘆かねばならぬほど陰惨なものではなかった。

　大体、いい意味でも悪い意味でも、聞くと見るとは大ちがいであった。座学と称して、教室で教官の講義を聞く時間が予想外に多いのに、まずびっくりした。午前中陸戦教練やカッターの訓練なら、午後は座学、午前座学の日は午後が訓練と決っていた。

　座学の中には、「諸例則」のようなメンドクサイ学科もふくまれる。要するに、海軍法規の講義である。「戦時大本営条例」「軍艦外務令」「海軍敬礼式」と、次々規則を読み聞かされても、坊さんのお経と同じ、何のことかよく分らない。「諸例則」の時間を、もっぱら居眠りにあてていた私など、卒業時の成績、順位、むろんお尻の方に近かった。それが、こういう煩瑣《はんさ》な法規までほぼそっくり頭の中へ収めて、色んな教科目を、

「ヨクミキキシワカリ

ソシテワスレズ」

本職でもないのに、「雨ニモマケズ、風ニモマケズ」、台湾の暑さにも、肉体的しごきにも負けず、五百数十人中トップだの二番三番で、海軍予備学生基礎教程を修了した奴がいるのだから驚く。

もう一つ驚いたのは、殴られないことであった。正確にいうと、半年間に二度しか殴られていない。一度は、同班の班長に殴られた。班長といっても、同じ日同じ資格で入隊した同期生だが、この男が公卿で男爵であった。お公卿さんと聞けば、みなさん、優にやさしき色白の、のっぺりした人を想像なさるだろうが、とんでもない。顔は四角く色浅黒く、暴力団まがいに腕っ節が強くて、

「やい、てめえ、何してやがンだ」

と、同期同班の仲間にやたらと威張りまくる。

「あいつが男爵なら、俺たち全部公爵だ」

と、私たちは言っていた。そのお公卿さんに、「態度が生意気」と殴られた。

一説によると、公卿の種族保存本能で、何代かに一人、この種のすさまじいのが出るのだという。思い出しても不愉快だが、これはまあ、仲間うちの喧嘩で、いわゆる「軍隊で殴られた話」とちがう。

もう一度は、教官のW大尉に、われわれ同期生五百五十人総員ビンタを食らった。

当時、平泉《ひらいずみ》澄《きよし》博士の亜流みたいな、皇国史観のエセ学者、こんにちでいうオピニオン・リーダーの先生方がたくさんいて、各地を講演して廻っていたらしいが、私どもの教育部長が、台湾巡業中のそういうのを一人、東港へ引っ張って来た。

講堂で全員、精神訓話を拝聴することになったが、拝聴するほどに面白くない。内容は「諸例則」以上に、何のことやらわけが分らない。面白くないだけでなく、時々狐が取りついたような状態で、

「アーマテラスーオーミカミイ」

と、節をつけて唱え出す。

あまりの馬鹿々々しさに、まともに聞いている学生はほとんどいなかった。

講話が終り、先生が退出すると同時に、W大尉が憤然として壇上に上った。

「たといどのような話であろうと、部外講師の訓話中、貴様らのあの態度は何だ。居眠りをしておった者、岩波文庫を読んでおった者、屁をした者、前へ出て来い」

二、三人が、ぱらぱらと立ち上って出て行った。

「未だ未だおる。出て来い」

再びばらばらッと二、三人。

「これだけしか出て来られんのか」

と、大尉は慨嘆した。かつて江田島の兵学校で、部外の人の講演中、屁を洩した生徒が

あり、「只今屁をひった者出て来い」と教官が言うと、五人の生徒が名のり出た。それで部外の先生がひどく感心したという話がある。お前たちの精神は、正にその反対だ。今夜は教官が、涙をふるってお前たち総員に活を入れてやる——。

練兵場に整列させられて、みんな殴られた。これは、殴る方がつらい。私は出て行かなかった組である。一発ゴツンと来れば、それでそのうしろめたさは消えてさっぱりするが、一人で五百人殴ると、手が内出血で腫れ上る。

翌日、陸戦教練の時、

「教官、昨夜は大変だったでしょう」

とからかった学生がいる。

W大尉は、右手に包帯代りの白手袋をはめていた。

殴られたのは、結局この二回だけ。W大尉ら若手の教官たちは、

「もう少し殴らせてもらわんと、大学出のあのだらしない連中を一人前に鍛え上げるのはむつかしい」

と、体罰の必要を主張したらしいが、上の方が「殴るナ、殴るナ」と止めていたのだそうだ。何故か分らない。副長のN中佐は、前回書いた通り、「自由主義はよくないもの」と思いこんでいる、どちらかと言えば単純な軍人さんだったが、N中佐らが江田島へ入校した大正九年、兵学校長は鈴《すず》木《き》貫《かん》太郎《たろう》であった。鈴木さんは、兵学校伝統の鉄拳制裁を廃

止させた校長として知られている。その感化が戦時中に及んでいたのだとすれば、私など、終戦時の首相鈴木貫太郎提督に救われたのは、命ばかりではなかったという、春秋の筆法になって来る。

次元が低い

話が海軍からそれるけれど、昔本田技研の本田《ほんだ》宗一郎《そういちろう》氏と対談したことがある。本田さんは、

「やあ、すみません」

と、遅れて入って来て、司会者が何か言うと、それをきっかけにいきなり猥談を始めた。

そのあとも猥談ばかり——でもなかったが、ほとんど馬鹿話で終始した。

ただ、馬鹿話の合間に、時々こちらが「オヤ」と驚くようなことを平気でしゃべる。印象に残った一つは、

「人類のための偉大な仕事なんて言ったってネ、僕ら男が何かやるのは、オートバイぶッ飛ばすのもふくめて、みんな女に見てもらいたいからなんだよ」

もう一つは、

「僕は自分の息子や娘ムコに会社をつがせようなんて、全然思わないね。適当な人が出て、

あとをやってくれりゃ、それでいいですよ。適当な人が日本で見つからなかったら、日本人でなくたっていいじゃないですか」

当時、本田さんはすでに、業界の雄の有名な存在だったが、その人柄やものの考え方を私が詳しく知っていたわけではない。浜松の機械工上りらしいがらッ八な口調で、次元の低そうなことばかり言ってるけど、この人なかなか次元が高いなと思った。

それから約二十年後、本田氏が社長の椅子を、身内でない人にゆずってさっさと隠居してしまったのを新聞で知って、私はもう一度、ははあと感心した。

私自身はどうかというと、そこから先が海軍に関係する。ある晩、酔っぱらいに、

「次元が低い」

と罵られた。

そのころ私は「軍艦長門の生涯」と題する物語を、某紙に連載していた。長門は大正中期以後長く聯合艦隊の旗艦をつとめ、開戦時、例の名高い、

「ニイタカヤマノボレ」

の暗号電報も、このフネから出ていて、いわば日本海軍の古いシンボルみたいな軍艦である。戦前、長門の士官室では、オフィサーたちが朝昼晩どんなものを食っていたか、兵食はどんな献立だったか、その部分の記述が紙面に出た日の夜半であった。酒場らしき物音のする賑やかなところから、酔った声の電話がかかって来て、

「夕刊読んだがネ、あんまり次元の低いことばかり書いていると、世間のもの笑いになりますぞ」

と言う。

栄光ある聯合艦隊旗艦の大戦艦を扱うのに、めしの話なんか下らない、やめろという意向のようであった。

「私はそうは思いませんが、御批判があれば承りましょう。まず名前を仰有って下さい」

こちらが要求すると、返事は無くて、ガチャガチャと電話が切れた。

声に聞き覚えがあった。私のカンに狂いが無ければ、某海軍大将の息子で、本人も兵学校出、その男には二度会ったことがある。

「おやじについての未公開資料を色々お見せしたい」

「世間で親馬鹿と言うが、私は子馬鹿の傾向があって、おやじのことを皆さんにもっともっと、正しく知ってほしいと思っている」

そういう御申出で、二回、食事を共にしながら、長時間つき合った。

その折見せられた「資料」のほとんどは、父提督が病気で某要職を辞した時、各方面の高位高官から送られた見舞状であった。聞かされた話は、全部「子馬鹿」の親自慢であった。旧海軍関係者にも、ずいぶん会って話を聞いているが、こんなのは珍しい。この人、ほんとうに少し馬鹿なのではないかと思った。

本田宗一郎氏の御説を待つまでもなく、雄《おす》がけなげに働く一番大きな動機は、雌《めす》の歓心を買いたい、美味しい食べ物をもっと取りこみたい、その二つであって、人間も別に変らない。色気と食い気は、人生の重大事である。しかし、某大将の令息あたりなら、それを「次元が低い」と感じ、いやがらせの電話をかけて来ても不思議はなかった。兵学校も末期になると、この程度の「次元さん」をたくさん排出している。

——とまあ、これだけ前置きを並べておけば、安心して次元の低いことが書けるだろう。実は、私ども二期の予備学生が、台湾で何を食っていたかが書きたい。

食器は、琺瑯《ほうろう》びきの、犬の食器みたいなのが大中小、三つあって、もう一つ、同じ琺瑯びきの平皿がある。中食器にめしを盛り、大食器に汁を入れてもらい、皿に煮物と酸っぱい沢庵、小食器で茶を飲む。

そのめしが、蓬莱《ほうらい》米の古米だから、穀象虫《こくぞうむし》の死骸と蛆虫の死骸が一杯まじっている。初めのうち、みんな気味悪がって、はじき出していたが、やがて虫の死骸ごと平気でかっこむようになった。

汁は「東港名物うろこ汁」——、近海魚のブツ切りが各自の大食器に一つずつ入っているけれど、うろこが取ってないので、食いにくいこと甚しい。

日曜日、外出先のクラブで、やっとまともな食事にありつく。クラブの小母さんが、キャベツ巻きだのコロッケだのトンテキだのを用意して待っていてくれる。当時の台湾は、食用にならぬ水牛だらけの国で、ビフテキは珍しく、たいてい豚《とん》であった。

それらの御馳走のほか、バナナが一と房二十銭、ぜんざい、甘泉堂の駄菓子、台湾名産からすみ、ただし酒は厳禁。これだけ食って帰ると、その晩、隊の夕食はさすがにウンザリで手が出ない。

翌日は、腹下しで教練を休む者が続出し、

「お前ら、また月曜カタルか」

教官と軍医長から怒鳴られることになる。

これを、ひどい待遇受けてたんだなアと思うか、恵まれた食生活だったんだなアと取るかは、年齢層によるだろう。同じ予備学生でも、横須賀の武山海兵団できたえられた兵科四期となると、外出先の薬局で「わかもと」を買って菓子代りにかじるぐらいが関の山、のべつひもじかったのだから。

したがって、私どもの場合、栄養失調になりそうな粗食というのとはちがうけれど、相当乱暴な食事ではあった。しかも、乱暴な兵食を食わせておきながら、表向きの身分は士官の卵である。

奇妙なことに、穀象入りの米飯と名物うろこ汁を食っている私たちが、「一般礼式及作法」の勉強用にあてがわれた教科書には、和漢洋の正式テーブルマナーについて、驚くべき詳細煩瑣なことが記してあった。長い前置きをやりすぎて紙幅が尽きたから、次回にそれを申し上げる。

逆ごよみ

こぼれ話というものは、要するに落ちこぼれの話で、あちこちへやたらと散らかるのが本来の姿だから、教科書の話を申し上げると約束しても、そうすぐに整然とはいかない。

当時の私たちは、台湾へ島流しの「じゃがたら学生」で、

「日本恋しや恋しや」

年があけて春になれば内地へ帰られる、一日も早く帰りたいと、みんな逆暦《ぎゃくれき》をつけていた。夜、ハンモックの中で、

「巡検終り、煙草盆出せ。明日の日課、予定表通り」

当直学生の声を聞くと、「やれやれ、また一日すんだ」、手製のカレンダーのその日の枠を黒く塗りつぶすのである。

近ごろ電光掲示などで、

「海洋博まであと何日」

あれと似ている。昭和十八年の三月一杯分塗りつぶせば、島流しの境遇が終るはずであった。

　同期生の一人が、この逆ごよみに水をさした。

「よく考えてみろ。俺たち予備学生は消耗品で、どうせあと二、三年の命なんだ。そうやって一日々々、楽しみに消してってりゃ、やがてジ・エンド、貴様の命日が来るんだぜ」

　それはその通り。その通りだけれど、やっぱり帰りたかった。ある日、

「アガワ学生、面会人」

と告げられて、南台湾のこんなところへ誰が訪ねて来たんだろうと、いぶかりながら本部へ出かけて行くと、遠縁の新聞記者が坐っていた。フィリッピンの前線へ従軍記者として赴任する途中、船で高雄へ入ったのだという。この人にもひやかされた。

「お父さんお母さんは心配しておられたが、よく陽に焼けて元気そうじゃないか。早く帰りたいって？　何だ、気の弱い。内地の食糧難はますますひどくなってるよ。こんな豊かな蓬萊《ほうらい》の島にいて、僕なら帰ろうなんて思わないがね」

　これも仰有る通り。西洋料理にせよ何料理にせよ、本式の御馳走など日本ではもう食べられない。腹一杯食べること自体がむつかしくなっていると、頭ではよく分っていた。

　それが、渡された教科書に、正式の料理を食う時のお作法がこまごまと書いてあるから驚いたのである。

「昭和十七年十月
准士官学生参考書（以印刷代謄写）
精神教育・普通学　参考
海軍省教育局」

とした白表紙の分厚い本であった。

ここで又々話を散らかさなくてはならないのは、「准士官学生参考書」という「准士官学生」が何か、みなさんお分りにならぬだろうと思うから。

新兵で海兵団へ入った水兵さんが、何年かして下士官になる。下士官の位がだんだん上って、海軍上等兵曹何ノタレガシ、軍艦何々第何分隊先任下士官となったら、これはもう私ども、とてもメじゃないくらい偉い。自分で洗濯をするとか自分の靴を磨くとか、御冗談でしょうというようなもので、立派な髭を生やして、綽名は「司令官」、縦のものを横にもせず威張っている。

ただし、彼らがもう一と階級上の兵曹長に進級して、いよいよ士官服を着る時には、徹底した再教育が行われる。めし一つにしても、今まで琺瑯《ほうろう》びきの食器で兵食をかっこんでいたのが、今後は士官食、原則として昼は洋食のフルコース。つまり、士官の教養とマナーが必要となるわけで、西洋史東洋史、国文法から礼装関係、燕尾服の時の帽子はシルクハット、カフスボタンは金細工――、そういうことを全部勉強させられる。再教育の期間中、「司令官」たちは、みな一様に、中学一年生みたいなウブな顔つきになる。

これが「准士官学生」である。海軍は、新しく兵曹長になった人たち用の教科書を、私ども予備学生に流用したのであった。

その教科書（参考書）、「一般礼式及作法」篇の、「宴席ノ礼」というページを開いてみると、御丁寧にも絵入りで、

「正式ノ（和食ノ）食膳ハ二汁五菜、三汁七菜トス。二汁五菜ノ食膳ノ一例ヲ示セバ左図ノ如シ」

と、本膳、二ノ膳、三ノ膳、吸物膳、――皿小鉢の配置が描かれている。

「俯向キテ餘念ナク食シ若《モシク》ハ物ヲ食スル間ニ椀ノ上ヨリ諸所ヲ視回シ又羹《アツモノ》ノ椀底ヲ妄《ミダリ》ニ探ル等ノコトヲ為スベカラズ」

いいこと書いてあると思えばそうも思えるけれど、時世が時世で、甚だへんな気がした。もう一度表紙の文字に御注目願いたいが、何しろ海軍省教育局がこれを編纂したのは、昭和十七年十月、ミッドウェー敗戦の四カ月後だったのです。

洋食の食べ方に至っては、もっとへんな気がするはずだから、二、三カ所そのまま引用してみよう。

「招待サレテ家ニ到ルト先ヅ客間ニ通ル。此処デ相客ニ紹介サレタリ後カラ来ル客ヲ待チ合セテ居ル間ニ『コクテール』（cocktail）ガ出ルコトガアル。『コクテール』ハ食欲ヲ促ス為ニ飲ムノデ種類ガ多イ」

「ドンナ順序ニ料理が出テ来ルカト云フト先ヅ一番ニ hors d'œuvre（オードウヴル）ガ出ル。（中略）次ニ『スープ』ガ出ル。ソノ時炭酸水トカ平野《ひらの》水《すい》トカヲ注イデ廻ルガ其ノ水ハ未ダ手ヲツケテハイケナイノデアル」

「『スープ』ノ次ニ魚が出ル。『ナイフ』『フォーク』ノ使用法ニ就イテ一言セン。魚用ノ『ナイフ』『フォーク』ハ銀製デ『ナイフ』ハ青龍刀的ノ形デ普通ノ table knife ノ形トハ全然異ッテ居ル。（中略）『フォーク』ニテ物ヲ押ヘ『ナイフ』ニテ切ルニハ其ノ儘左右ノ食指ダケ上ニ出シテソレニテ『ナイフ』『フォーク』ノ脊ヲ押ヘルヤウニセバ力ガ入ル」

いやはや、この調子の懇切丁寧な記述が、洋食だけで十四ページにわたってつづき、シャンパンのこと、ワインのこと、パンの割り方、ナプキンの掛け方、デザート、食後酒――、絵入り、禁止事項入りでやたらとうるさい。

「如何ニモ物憂《ウ》ゲナル態度ニテ食事ヲナスベカラズ」

「股ハ拡ゲザルヲ可トス」

「貧乏揺リハ禁物ナリ」

中華料理に関しても同様。仕方がないから一応読みましたがね、もうすぐ日本国中餓えに迫られようという時期、海軍はいつどこで我々にこんなディナーを食わせるつもりだったのだろう。如何にも如何にも海軍らしかった。

ミッドウェー

前回、教科書の発行期日に関連して、「ミッドウェー敗戦の四カ月後」と書いた時、「おや」と気づいたことがある。

何に気づいたか、おいおい話しますが、みなさんは「ミッドウェー」と聞いたら、まずどんな物を連想なさる？

反米反戦デモの好きな学生なら、横須賀を母港とするアメリカの空母「ミッドウェー」の憎《に》ッくき姿を思い浮かべるかも知れない。ハワイ新婚旅行の夢さめやらぬ若夫婦なら、帰りの機上、右手に遠く、けしつぶのように見えたミッドウェー島を、なつかしく思い出すかも知れない。それが、私どもの年輩になると、四十二年前、あの島の西方海域で繰りひろげられた日米洋上決戦のことに、どうしても頭が行ってしまう。

しかし、小文字で始まる midway という英語そのものには、「途の半ば」「中途の地点」の意味しかない。少尉任官後、私が扱う中華民国の暗号文書では、固有名詞としてのミッドウェーも必ず「中途島」としてあった。

で、何に気づいたかと言うと、この「海軍こぼれ話」の連載が、今回を以て途の半ば、ミッドウェー点に達することに気づいた。ぽんこつ機関車が、ボイラーの具合を気にしながら、シュッシュポッポ、シュッシュポッポ、やっと峠の駅へたどり着いたようなものである。

だから、ここらでちょっと一《ひ》と休み、道草を食わせてもらおうと思う。

遠藤狐狸庵《こりあん》先生を座長とする素人劇団、「樹座《きざ》」については、みなさんある程度御存じでしょう。前に一度、狐狸庵から「樹座」のゲスト・メンバーとして出演をすすめられたが、断った。

「いやだ、馬鹿々々しい。いい齢して、あんな阿呆なもんに出られるか」

ただし、条件がある。日本海軍のユニフォームを着せてくれれば別だ。わが海軍をテーマにしたオペラかミュージカルを作って持って来いよ。そしたら協力するぜ——。

そうオイソレと海軍オペラが出来るわけもなく、年々歳々そのまま過ぎて、「樹座」の公演今年で十二回目、演《だ》し物は「マダム・バタフライ」と決り、狐狸庵が電話をかけて来た。

「約束やぞ、お前。日本海軍の中尉の服着せるから、今年は、出演しろよ。ちがうちがう、ピンカートンになるんやない」

「マダム・バタフライの舞台で、ピンカートンでなきゃ、どういう海軍士官になるんだ」

「それは座長の胸三寸。お前はもう一人仲間を連れて来て、出ろと言われたら舞台へ出て、海軍の軍歌歌うたらええねん。二分ぐらいですむ」

「そうか。確かに何年か前、約束したな。そんなら出よう。出るとなったら、何も二分ですませなくたっていい。海軍の軍歌、たくさん知ってる。二十分でも三十分でも、そらで歌える」

「やめてくれえ。折角のマダム・バタフライが滅茶苦茶になる」

という次第で、私は相棒さがしにかかった。勘案の末、鬼のおくびに白羽の矢を立てた。おくびは、狐狸庵にとってうるさい編集者、同時に慶応文学部の怖い先輩である。

「どうも、東北の村芝居の義経みたいな役らしいんだがね。『かかる折しも義経公、しんずしんずとあらわれ給う』、——あのでんな、前後のすじと無関係に、突然あらわれ出て、軍歌を歌って引っこむだけらしいが、どうだい、二人で出て、勝手なこと言って、あいつ困らせてやろうよ」

おくびは、フフンと鼻の先で笑って承知しなかった。

「おい、鬼さん。いやサ、鬼のおくび」

「フフンってことはないでしょ。あんた、世の中それですむと思うとるのか。僕は、あんたに頼まれれば、あんたの立場もあろうかと、時期的につらい仕事を、目をつぶって引き受けたこともある。よもやお忘れではあるまいな。はた目に気楽な随筆と見えるかも知れないが、この連載、途の半ばに達するまで、相当苦しかったぜ。それを、こっちが何か頼んだ時はフフンかね。そういうつもりですか、ああそうですか。

いや味を言ったり脅したりして、やっとウンと言わせた。

かくて、日もエイプリル・フールの四月一日、都市センターホールにおける「樹座」第十二回公演「マダム・バタフライ」に、鬼のおくびと私とが、旧日本海軍の白い軍服を着て出演するめぐり合せとなった。

御承知の通り、「樹座」の舞台では、主役脇役を演ずる人間が、次々交替する。肥った蝶々夫人、やせた蝶々夫人、背の高いピンカートン、小柄で猫背のピンカートン、それがことごとく、すごい音痴である。狐狸庵が、物好きの音痴を特に選りすぐって採用(?)している。

最後のピンカートンは、中でも名優名歌手の誉れ高い秋野《あきの》卓美《たくみ》、別名「ヘタノタクミ」画伯、蝶々夫人の自害を知って、

「マダム・バタフライ」

海老フライと叫んでいるような発音で、かけこんで来る。そうして、黛《まゆずみ》敏郎《としろう》指揮するオーケストラ(これは本もの)が、プッチーニのオペラ、最終楽章を奏し終ったところで幕が下りる。そのあとが、われわれの出番であった。

水兵の捧げ持つ軍艦旗を先頭に、白服のおくびと私が、演出家の指図通り、緞帳《どんちょう》の前へ出て行く。しまった幕のうしろを指して、

「毛唐に惚れたりするから、ああいう馬鹿な悲劇が起る。俺たちと遊んでりゃ、こんなことにはならんのだ。なあ、おくび中尉」

「そうだ、そうだ、全くだ。一つ、日本海軍の軍歌を歌おうじゃないか」

「おウ、歌おう」

黛敏郎が再びタクトを振り上げ、

「煙も見えず雲もなく
　風も起らず波立たず」

明治二十七、八年戦役の、古い「勇敢なる水兵」、これなら音痴の私でも歌える。観客席から手拍子が起り、「おくびさアん」とか「山本五十六ウ」とか、歓声も聞える。張り切って、三番、四番、五番と歌っているところへ、背広姿の遠藤狐狸庵が出て来た。

「頼む。もうやめてくれ。みんな迷惑しとるのが分らんのかあんたら」

それで、鬼のおくびが、やけくそのように、

「大日本帝国海軍バンザアイ」

と大声を張り上げて、二人は引っこんだ。

狐狸庵は、「『樹座』が右翼とまちがえられる」と文句を言ったが、われら両名の出演、意外の好評、「世の中にはやっぱり、お前らみたいな海軍バカが大勢おるんやなあ」——。

道草はこれで終り。気をよくして、ミッドウェー以後の長い下り坂へかかることにしよう。

われらが知性

口は調法と言うけれど、筆もなかなか便利なもので、

「それから長い長い年月が経った」

一行こう書けば、二十年でも三十年でもすッ飛ばせる。たった半年間のあれこれを、牛のよだれみたいに長々と書くのは感心しまい。

だから、「兵科二期予備学生の、台湾における基礎教育も、いよいよ終る日が来た」ことにして、昭和十八年三月、われら全員特設巡洋艦愛国丸に乗艦、待望の内地へ帰るのだが、帰るについて、私たちはいくつかのグループに分れた。

一つが、陸戦隊の初級指揮官になるべく、館山海軍砲術学校へ行く組。

二番目は、対空機銃高角砲の操作を学んで防空砲台の砲台長になる連中、これも、館山の砲術学校へ行く。

三が、浦賀の機雷学校に入って防備隊や掃海艇の指揮官を志すグループ。

四が、通信関係。久里浜の通信学校へ行く。

五は、最初から進路が決っていた約四十名で、今の気象大学、当時の中央気象台技官養成所出身者。田浦の航海学校で再教育を受けて、気象専門の士官になる。

六番目が、途中飛行科転科を申し出た七十名。

アメリカとのいくさは、航空消耗戦の様相を呈していた。東京へ出張して、何か吹きこまれて来たらしい教育部長のT大佐が、一夜、われわれを講堂に集めて、戦局の容易ならざることを説き、

「今からでもおそくない、一つ、アメリカの青年たちに負けないよう、自分はネイビーのパイロット・オフィサーとして御奉公してみたいと思う者、諸子の中におるか。おるなら手を挙げてみよ」

と、アジテーションめいた勧誘演説をおこなった。これに勇ましく応じた者ども七十名で、適性検査に合格したら霞ケ浦海軍航空隊へ廻される。この連中は、転科を志願した時、親の承諾書を取らされた。私たちのあと、いやも応もなしに特攻を志願させられる十三期十四期の飛行予備学生が、聞いて、びっくりしそうな事実である。

これら各グループは、「五」の気象屋を除いて、概ね本人の希望で専門を分けられた。つまり、調書に「第一志望、陸戦」と記入すれば、大体それが通った。

私は陸軍大嫌い、折角海軍へ入ったのに、陸戦隊の小隊長になるオイチニの稽古なんか、

絶対やりたくない。飛行機は、どうも大分戦死率が高そうで、「お国のため」と言われても、進んで志願するほど素直に勇ましくなれない。好きなのは、結局船だ。

「戦艦航空母艦、巡洋艦の乗組にしてもらえそうなのはどれだろう」

「そんなら、通信学校へ行って暗号士になるのが一番早道」

と言われた。

暗号の講義は、たいへん面白かったし、得意でもあった。「第一志望、通信」と調書を提出しておいたら、後日、分隊監事から決定を告げられた。ただし、

「アガワ学生、お前は通信の特」

「特とは何ですか」

「内地へ帰って学校へ入れば分る」

分らないことは分るまであと廻しとして、右の六グループのほかに、予備学生の身分のまま、いきなり兵学校機関学校の普通学教官となって江田島や舞鶴へ行く仲間がいた。要するに、軍服を着た国語教師、数学教師、英語教師になるのである。

さて、高雄を出港した愛国丸は、四日目の朝、無事、桜咲く関門海峡を通過して瀬戸内海へ入った。夕刻呉入港、十七番ブイに繋留を終り、翌々日それぞれの進む道にしたがって、一同四方へ別れる。兵学校教官配置の者は、そのまま目と鼻の先の江田島に残る。みんなよく陽に灼けて、六カ月前に較べれば、姿勢態度まことにきりッとしていた。私だっ

て、身内の婆さんどもから、未《いま》だに言われる。

「あのころのあんたが、一番よかったよ。少尉に任官後は少し図々しくなって、芸者遊びなんか覚えるし、負けて帰って来たあとは、とても見られたもんじゃないし……」

　ところが、そんなにきりッとしている（はずの）我々を、きりッとしてないと見た若者の集団がある。初めて予備学生を教官に迎えた、兵学校の生徒たちであった。

「分隊監事。あの連中、ありゃ一体何ですか」

　某分隊の一号生徒が、みなの意志を代表して、監事のS大尉に訴えた。一所懸命やってるつもりかも知れないが、動作はもたもた、言うことは娑婆《しゃば》ッ気たっぷり。あれでは、少尉候補生に次ぐという御身分が泣く。

「あんな、神田か本郷の大学生に軍服を着せたような人たちを、武官教官と仰いで、自分らが教えを受けるのでありますか。海軍兵学校七十年の伝統が崩れはしませんか」

「よく分る」

　と、S大尉が答えた。

　S大尉は、予備学生の指導教官を兼務していた。教官で同時に学生の彼らを、任官まで特訓する役である。

「本校できたえ抜かれた生徒たちの眼から見れば、予備学生出の教官は、敬礼一つ、駈け足一つ、とろくさくだらしなく映るだろう。あの連中に教えられるのか、教えてもらうことがあるのかと、そう思うのも無理がない。しかし、校長のお考えは少しちがうよ」

海軍士官は海軍士官である前に、まずジェントルマンでなくてはならぬ、ジェントルマンとしての海軍士官を養成するには、それにふさわしい知性と教養を身につけさせる必要があるというのが、校長本来のお考えだ。だから校長は、前線へ出てすぐ役に立つ軍事学より、英語、数学、物理、歴史など、一般普通学の方をはるかに重視しておられる。

内面の教養と、外面のりりしさとは、必ずしも一致しない。彼らが一糸乱れぬピシーッとしたところに欠けるからといって、学ぶべきものは何も無いと思うなら、夜郎自大、軍人のもっとも陥りやすい独りよがりではないだろうか……。

S指導官の引き合いに出した兵学校長が、すなわち井上成美中将であった。

この話は、私どもの耳に快くひびく。ちょっとばかりいい気分である。しかし、私たち予備学生――と言って悪ければ私が、当時井上提督に買いかぶられるほどの知性と教養を身につけていたかとなると、いささかならず面映ゆい。どうせ兵隊に取られるというんで、われらが母校の講義、サボってばかりいましたからねえ。

乱数表

プロ野球の解説で、よく「乱数表」という言葉が使われる。いわゆるサインのことらしい。相手に分らないように、仲間うちだけで取り決めたサインは、一種の暗号だから、「暗号表」の意味で「乱数表」と言っているらしい。

「今のは、あきらかに乱数表の読みちがえですね」

これはしかし、「あきらかに」まちがいなのです。

何故こんなことを書くかと言えば、台湾から帰った私は、通信学校で暗号専門の教育を受けて、一応その道のプロになった。四十年昔の骨董的プロだが、専門家のはしくれとして、誤りは今も気になる、それが一つである。

それともう一つ、まちがった言葉は、早いうち誰かがまちがいを指摘しておかないと、どんどん世間へ広まって、しまいに誤用の方が正しいことになってしまう。例えば、

「まっ赤な嘘」

と言う。色の感じからすれば、「まっ黒な嘘」と言った方がよさそうなものを、どうして嘘は「まっ赤」なのか。

この間気象大学の増原良彦《ますはらよしひこ》先生が、どこかの新聞に書いておられた。「まっ赤」という表現、実はサンスクリット語の「マハー」がもとだと。マハーは「非常な」「大きな」の意味。サンスクリットの仏典がインドから中国へ伝わった時、このマハーは「摩訶《まか》」と音訳された。「摩訶不可思議」の摩訶である。さらにそれが日本へ来て、

「大うそ、ひどい嘘、マカな嘘」

と言っているうち、学の無いのが聞きちがえ、

「ははあ、まっ赤な嘘ね」

ちがうちがう、まっ赤じゃない、摩訶と、教えてやっても、もう元へ戻らない——。という次第であるから、せめてこの海軍随筆の読者諸賢には、「暗号表」と「乱数表」のちがいぐらい心得ておいて頂きたい。

暗号と乱数と、どこがちがうか。大体、野球の解説者たち、乱数とは何かということが、全然分っていないらしい。

近代暗号には、色々複雑な構成のものがある中で、代表的な一つは、四ケタなり五ケタなりの数字一つが一つの言葉をあらわす数字暗号。

「6011」（巨人）「2638」（五）「9457」（連敗）

ざっとこんなかたちになる。

「6011　2638　9457」の電報一通だけでは、相手方のどんな天才的暗号解読家でも、これを「巨人五連敗」と読むことは出来ない。しかし、同じ数字暗号で何十通も何百通も電報を打っていると、「巨人」なる言葉を使う度に、「6011」が出て来る。つまり反復があらわれる。反復のあらわれた暗号は、専門家の手にかかったら、簡単に解読される。

そこで、反復を何とか消してしまわなくてはならない。反復消しに使われる全く無意味無秩序な数字が、すなわち乱数である。

デタラメ数字の乱数を、何千何万と並べた乱数表の、今回はどの部分から使うと、規約にしたがって、もとの数字暗号に一つ一つ足し算をして行く。「6011」（巨人）に、乱数「5948」を足す。答は「1959」（繰上りはしない）。

これだと、「6011」に偶然同じ乱数を加えた場合を除き、「巨人」は十回出ようが二十回出ようが、すべてちがった数字に化けてしまう。

乱数表とは、そういう機能を持った数字の帳面で、それ自体、どんなサインにも使うわけにいかない。分りましたか、皆さん。

「分ったか、お前たち」

と、教官が言った。

時は昭和十八年四月、場所は久里浜の海軍通信学校。

「通信」の志望を叶えられて内地へ帰ったら、暗号をやるのだとは分っていた。しかし、「通信」の「特」というのが、何か分らなかった。やっとそれが分った。

「教官が只今ここで話しておることは、たとい親兄弟上官に対してであろうと、絶対口にしてはならんぞ」

聞けばなるほど、驚くべき機密の内容であった。要するに私どもは、これから、敵さんの暗号を解くための特殊教育を受ける。紙と鉛筆を使ってスパイをする勉強に入る。「味方通信班」の連中は、やがて暗号士となって、こちらの暗号通信を敵さんの解読から守る立場だが、われわれ「特班」は、相手の通信に極秘の攻撃をしかけるのである。

興味を持ったが、空恐ろしいような気もした。自分にやれるかナと思っているうちに、練習問題が出る。何だか、無意味なアルファベット二十六文字が、目茶苦茶に並んでいる。

「これを解いて、ちゃんとした英語の文章に直せ。二時間で解く。特班には頭の悪い者は用が無い。二時間以内に解けなかった学生には、教官が一発ずつ気合を入れるから、そのつもりでやれ。カカレ」

と来た。

教えられた原則にしたがって、ある種の操作をして行くと、ほぼ二時間で解けますがね、こういう仕事は、私ども文科系の者より、数学や物理の学生の方が適しているのではないかと、内々疑問を持った。

　というのが、「通信」の「特」に廻された六十何名、調書を提出する際、「特技」の項にみんな相当なハッタリを書いている。――私も書いた。

　「英語　可成り自由
　ドイツ語　同右
　支那語　同右
　英文タイプライター練熟」

　嘘ですよ。まるまるの嘘ではないけれど、程度に関して嘘である。

どうせ海軍当局は割引きして判断しただろうが、それでも、「通信」志望の学生の中から、語学がある程度達者そうなのを選んで、「特」へ組み入れた。主に文科系で、理科系は少なかった。

「暗号を解くには、相手国の言語の分る者でなくては」という、単純な考えだったように思える。ほんとうのところ、語学以前の才能を重視した方が、仕事の成績はもっと上っただろうが、私どもにとって有難かったのは、気質的に似た連中が「特班」へ集っていて、最高機密の難作業を勉強するのに、わいわい、割合楽しかったことであった。

練習問題は日を追うて複雑になって来たが、みな何とか立ち向って、遅れを取らなかった。どんな問題をどういう風に解いたか、書きたいけれど、随筆風の文章を以てしては、技術的（?）にちょっと無理だから、それはやめる。

腐れ士官の捨てどころ

　春のうららの三浦半島、教室の窓からあたたかな陽がさしこんで、暗号の講義を聞いていると眠気を催す。うつらうつらしていたら、取次が入って来て、黒板の前の教官に何かメモを渡した。それを読んだ教官は、突然、講義を中止した。

「只今より総員、学校の裏の山へかけあし、急げ」

　何でまた、だしぬけにかけあし訓練をやらせるのか分らないが、ともかく列をととのえ、松の茂る裏山の小道を、みんなで頂上までかけ登ってみると、眼下の浦賀水道に、思いがけぬ光景が展《ひら》けていた。三隻の航空母艦が、単縦陣で東京湾を出港して行くところであった。

　遠く、春霞の中に護衛の駆逐艦がいて、それにつづく一番艦二番艦は、大分もう小さく見える。三番目の空母だけが、すぐ下の青い海に白い航跡を曳いて、剣崎灯台の方角へゆっくり遠ざかりつつある。艦橋と飛行甲板の構造がよく分った。

どこか南方洋上へ、新たな敵を求めての出撃であろう。日本が負け加減とは、未だ思っていない。頼もしいような気持で、丘陵の頂きから見送っているうち、

「みな、教官のまわりに集れ」

という声がした。

「みなは、ミッドウェー海戦の結果がどんなものであったか、知っておるか」

情況判断によれば、いないはずだった敵機動部隊から——と、教官は話した。アメリカ海軍機の大群が不意打ちをかけて来て、赤城、加賀、蒼龍大火災、つづいて飛龍も火に包まれ、わずか半日で、味方は虎の子の母艦四隻全部を失った。

「開戦以来世界最強を誇るわが機動艦隊が、何故あっさり、これだけの大損害を受けたか、推理して行くと、そこに、暗号を読まれていたのではないかという疑いが出て来る」

作戦計画を記したたった一本の暗号電報、それを読まれただけで、お前たちが今見送ったあのような堂々たる母艦群が、待ち伏せされて、手もなく沈められてしまうのだと言う。

「逆に、敵さんの暗号を解いて、行動の機密をさぐり出すことが出来れば、そのたった一枚の紙きれは、四十六サンチ巨砲の五門や十門、零戦の二十機や三十機と比較にならぬ恐るべき威力を発揮する」

われわれ特班のやる仕事が、すなわちこれである。特班には馬鹿は用が無いと教官が言ったのも、その意味だ……。

「分ったか。分ったら教室へ帰る。かけあしイ」

この「山上の説教」は、ミサイル時代のこんにちから見ても、情報戦の必要性を簡潔適確に言いあらわしていた。

非常に大切なものでありながら、日本の軍隊が軽んじたのは、第一に logistics（兵站《へいたん》補給）、第二に communication（通信及び情報）だと言われる。

logistics の専門家は、

「輜重《しちょう》輸卒《ゆそつ》が兵隊ならば
蝶々とんぼも鳥のうち」

と、陸軍で馬鹿にされた。その結果、大陸へ出兵して「泥水すすり草をかむ」ことになるのだが、それでも眼がさめなかった。

通信、暗号、情報の研究を志すのも、出世の道へつながらない点、陸海両軍同じ。海軍で情報の元じめは軍令部第三部だが、ここのことを「腐れ士官の捨てどころ」と称して、兵学校出身者の大多数は行きたがらなかった。communication を馬鹿にした結果、ミッドウェー沖で、大勢泳がされることになるのだけれど、それでも敗戦まで眼がさめなかった。

ましていわんや、第三部の分室か附属機関みたいな軍令部特務班（出先の艦船部隊では特班）なぞ、「腐れ士官の捨てどころ」の最たるもので、本来、誰にも顧みられない小さな小さな世帯であった。

頭はいいのだが、胸を病んで艦隊勤務が出来ない——、そういう士官のうち、通信諜報の作業に特殊な興味を持った何人かが、文官の嘱託を雇って、実験的に手仕事風に、こつこつやっていた。

この小さな組織が、日華事変勃発後、何度か、びっくりするほど貴重な情報を提供する。それによって、前線での航空作戦が大成功を収めた例もある。やがて対米戦争、特務班の機能をもっと拡充させてみてはと、意見が出て来たが、兵学校機関学校出の若い連中は来たがらない。そこで、眼をつけられたのが私ども予備学生であって、さきほどから「教官」「教官」と書いているのも、実は一期上の予備学生、日銀に籍のある服部正也《はっとりまさや》少尉。

名前を見て、オヤと思う読者はいませんか。

そうです。中公新書『ルワンダ中央銀行総裁日記』の著者です。

敗戦後二十年ほど経って、彼は日銀からアフリカ奥地の新興国ルワンダへ派遣され、みごと財政の立て直しをやって、黒い国民にたいへん徳とされた。だから、久里浜の通信学校時代も、さぞ物分りのいい、やさしい教官だったろうと想像なさるなら、大ちがい。猛烈にきびしいウルサ型で、殴る方も一切容赦しなかった。

服部少尉ら教官連にすれば、

「俺たちは『腐れ士官』じゃない。俺たち予備学生出身者の手で、特班作業の立派な体系を作り上げ、日本海軍のインテリジェンス組織をほんとうに充実してみせるんだ。貴様らボヤボヤするな」

という気があっただろう。殴るし怒鳴るし、その代り、講義内容は、なかなかしっかりしたものであった。

戦争の終ったあと、新聞記者になった私のクラスメイトが、日本銀行へ復職した服部教官を訪ねて行った。民主主義の世の中が来て、奴も少しは昔のことを悔い改めているかと思ったら、椅子にふんぞりかえって、新聞を見ながら、

「おウ、何だ」

と言われ、

「ちっとも変ってやしねえ。却って御立派だよ」

と、感心して帰って来た。

昨年春、私はワシントンで、世銀の副頭取をつとめているこの猛烈教官と、四十年ぶりの再会をした。

「教官、しばらくです」

「おウ」

やはり、ちっとも変っていなかったけれど、傍から、初対面の奥さんが、

「皆さまに大変御迷惑をおかけしましたそうで……。家庭ではうるさいこと、何も言わな

い人なんでございますが」

と、何遍も何遍もお辞儀をなさった。

坊さんパイロット

通信学校の私たちがこうして鍛えられているころ、飛行科へ行った連中の日常はどうだったか?

彼らは親の承諾書を取らされ、何度も厳重な適性検査を受け、しっかり篩《ふるい》にかけられた上で、霞ケ浦の航空隊へ廻された。そこで、操縦のイロハから出直しであった。飛行機操縦の上手下手は、学歴と関係が無い。十七、八歳の、中学出の予科練の方が勘も技倆もはるかに上という場合は、いくらでもあり得る。将来、その者どもを率いて死地へ赴く指揮官となるには、精神面でも技術面でもきびしい修業が要求された。

霞ケ浦海軍航空隊、略してカスクウ、

「霞空の森にゃ足がある」

という自嘲の歌がはやったそうだ。

飛行服、飛行靴、ライフ・ジャケット、落下傘、恰好だけは一人前のパイロット姿で、

練習機に打ち乗り、

「目標、前方の森、六十七号、離陸しまアす」

勇ましく出て行くけれど、飛行機はたちまちヨタヨタヒョロヒョロ蛇行を始める。まるで、向うの森が酔っぱらって、右へ左へふらつき歩いているように見える。

「どこを見とるか、どこを。何遍教えたら分るんだ」

後席から、同乗教官の棍棒が脳天へ叩き下ろされる。

離陸滑走もまともにやれないような腕前では、「敵艦轟沈」など夢のまた夢。行く行く部下に馬鹿にされるだろうし、下手な分だけ生命の危険も倍増する。予備学生として、いわば損な道であった。

敢て損な道を選んだわがクラスメイト七十余名の胸中は、さまざまだったろう。霞空へ行ってから、ひそかに後悔した者もあったらしいが、中に一人、高臣《たかとみ》亮祥《りょうしょう》という比叡山の荒法師みたいな男がいた。

三重県の寺の息子で、もともと軍人がきらい、龍谷大学在学中、配属将校と大喧嘩した経歴を持っている。

「大学も高等専門学校も、今後はすべて聖戦完遂の大目標に副《そ》って、軍の予備校のかたちで存続して行くことになる。みなも、勝利の日まで、学業は二義的なものと心得て、率先銃を取れ」

配属将校の説教を聞いて、ムカッと来た高臣は、

「質問があります」

　手を挙げた。

「僕ら、お召しがあったら、何時でも銃を取る覚悟をしてますけど、それまで、大学はやっぱり学問するところで、教練の方が二義的なんとちがいますか」

配属将校は「ちがう」と言い、ちがう所以を懇々と説いて聞かせた。

「分ったか、高臣」

「分りませエん」

　それで大喧嘩になった。

以後、事ごとに意地悪をされ、卒業期が近づいても、軍事教練の検定合格証を書いてもらえなかった。

　検定書無しで大学を出て兵営へ入ったら、どんなことになるか、若い皆さん方には想像つくまいが、例えば現在の北朝鮮で、

「自分は反共思想の持主です」

「偉大なる首領さま金日成同志の仰有ることを、自分は信用しておりません」

と、首から反逆のプラカードをぶら下げた学生みたいなものである。事実、配属将校は、

「万年二等兵で飼い殺しにして、あいつの精神入れ直してやる」

と言っているとのことであった。

教務課の先生が心配して、

「おい、高臣君。君このまま兵隊へ行ったら、えらい目に合わされるぞ」

いっそ海軍を受けてみてはどうやと、すすめてくれた。しかし、海軍だって、検定証無しの学生はいやがるだろう。何らかの理由で、この男軍事教練に不熱心だったと、証明書つきのようなものだから。

兵科予備学生の試験、受けてみることにしたが、自分も周りの者も、多分駄目だろうと思っていた。配属将校は、

「あいつ、海軍なんか受けよって」

と、大憤慨であった。

「あいつが海軍士官の服着て京都へ帰って来たら、わしはこの校庭、逆立ちで一周して見せてやる」

ところが、十中八、九、来ないとあきらめていた採用通知が来た。私が東京の下宿で受け取ったのと同じ、海軍省人事局発送の速達封書である。

「海軍予備学生（兵科）ニ採用ノ予定ニ付テハ九月三十日午前八時云々」

この時から、高臣亮祥の「軍人ぎらい」がちょっと変った。

「海軍て、なかなかええとこあるやないか。こんなわしに、何か取柄を見つけて採用して

くれた。よし、わしの命、要るんやったら投げ出したるで」

かくて、台湾で基礎教育中飛行科転科を志願し、霞ケ浦でたっぷりしごかれたあと、百里原《ひゃくりはら》の艦爆隊へ配属され、

「さあ来い。これから坊主が爆弾抱いて人殺しの稽古や」

と張り切ることになる。

ただし彼は、戦争末期、特攻出撃の要請に対して、イエスを言わなかった。龍谷大学で配属将校に楯ついたと同じように、特攻作戦に楯ついた。沖縄へ航空総攻撃の昭和二十年春、艦爆隊指揮官の中尉だったが、

「一ぺんこっきりで全員ぽしゃッてしまえちゅうような、そんなん、わしイヤですわ。大和の特攻出撃かてそうや。帝国海軍の栄光を後世に残すため、一切衆生を道連れにしてええとは、仏法の教えに書いてありません。通常攻撃で行かせて下さい。ちゃんとした戦果挙げて、五割連れて帰って来ます」

実際は、指揮官機一機しか帰還しなかった。それも各所に被弾し、燃料計もオイル・ゲージもゼロをさした状態で、辛うじて鹿児島の国分《こくぶ》基地へすべりこんだ。

敗戦後、高臣は郷里の町の町長さんになった。二選、三選、町の人の支持を受けて評判のいい町長だったが、七年前、癌に冒され、戦歿艦爆隊員たちのあとを追うた。

「町長選の応援に来い」とか、「うちの町民に話をしろ」とか、この荒法師に頼まれると私は断るわけに参らず、生前何度か三重へ訪ねて行った。町役場の高臣の部屋に、いつも海軍の士官帽と短剣が飾ってあったのが印象に残っている。

海軍馬鹿

三井と三菱、トヨタに日産、東芝とソニー、世上並び称される有名企業で、一方が学生たちに圧倒的人気があり、もう一方はあんまりどうもという現象が、ちょいちょい見られるらしい。原因は色々だが、その会社の気風、体質によるところが大きいと聞く。旧陸海軍を企業に喩えるなら、規模において、片方（陸軍）は十倍ぐらいの大会社であった。にもかかわらず、学生や若いインテリ層の支持率では、逆に一対十か、それ以下だったと思われる。

井上成美提督は、軍務局長の少将時代、書類を決裁しながら、よく、

「動物、動物」

と呟いていたそうだ。

「何でございましょうか」

副官が、恐る恐る伺いを立てると、

「君のことじゃない。陸軍のことだ」

と言う。

「何故陸軍は動物ですか」

「理性が欠如してるからだよ」

確かに、それが陸軍の、人気の出ない所以であった。

豊田《とよだ》副武《そえむ》提督は、「馬糞《まぐそ》」と称して陸軍を嫌ったが、実際馬糞《ばふん》くさい、泥くさい、独りよがりで理智的でない、無教養、かつ押しつけがましい感じがする。泥だらけの長靴で人の領分へズカズカ踏みこんで来る——。思想的に正反対のようだが、こんにちの国労動労、日教組とよく似ている。これは、人間の自由とか品位とかを多少とも考える者に、好かれる体質ではなかった。

その点海軍は、無意識にもせよ、若い知識層の心をつかむコツを心得ていた。何しろ、わが級友高臣亮祥みたいな、軍人大きらいの生臭坊主を、ころりと海軍びいきに変えてしまったのだから……。

この風潮、その影響は、戦後に長く尾を曳いて、今でも、海軍馬鹿と称する熱烈なネイビー・ファンがたくさんいる。海軍のめしなぞ食ったことの無い世代にまでいる。

ある結婚披露宴で、隣の席の中年紳士から声をかけられた。

「私のところに、聯合艦隊の模型が揃ってるんですがネ」

「聯合艦隊？」

「ええ。戦艦霧島《きりしま》、駆逐艦島風《しまかぜ》の、三百分の一フルモデルをはじめ、国際スタンダードの六百分の一模型で、聯合艦隊の艨艟《もうどう》およそ六百隻が揃えてありますが、一度見にいらっしゃいませんか」

「へえ……。あなたは、その海軍の主計か何か」

「いやア、そんな齢じゃありません。もう少し若い戦後派です」

私は相手の顔を見て、それから出された名刺に眼を落した。

「ゴホンと言えば龍角散」

龍角散社長の藤井康男《ふじいやすお》氏であった。ああ、藤井さんですか、藤井さんなら新聞のコラムで時々お書きになるものを拝見している、半分同業者だ、見せてもらいに伺いましょうということになった。

約束の日、漢方薬くさい龍角散ビルの階段を上って、用意の展示会場（式場？）へ入ると、やがて高らかに軍艦行進曲が鳴り始め、仕切りの扉がすうッと開いて——、あッと驚いたねえ。

名もなつかしき大和《やまと》、武蔵《むさし》、陸奥《むつ》、長門《ながと》以下の戦艦群、重巡妙高《みょうこう》、足柄《あしがら》、那智《なち》、羽黒《はぐろ》、摩耶《まや》、鳥海《ちょうかい》、各航空母艦、駆逐艦、潜水艦多数がずらりと並んでいるだけではない。その艦列の間を縫うて、デッキに白く総天幕を張ったお召艦比叡《ひえい》が、先導艦愛宕《あたご》、供奉《ぐぶ》艦高《たか》雄《お》に前後を護《まも》られて、静々と進んで来る。小さなモーターを廻してワイヤーで引っ張っているのだが、まさに、在りし日の聯合艦隊観艦式の実景であった。

これでも、きょう洋上（？）へ出ているのは、六百隻中約百隻に過ぎないという。

「時々、新聞社や雑誌社の御要望に応じて、こういう風に倉出しをしてお眼にかけることがあるんですが、女性の記者で、泣き出される方がありましてネ」

と、藤井さんが言った。

私は「女性記者」のようになりたくないから、サービス係の社員に、

「どうですか。あなたたち、ほんとは社長の道楽で迷惑してるんじゃないの」

とか、

「龍角散は、経営大丈夫かなあ」

とか、失礼なことばかり言っていたが、この情熱、この打ちこみようには、舌を巻かざるを得なかった。

聯合艦隊の模型といっても、普通、大きな軍艦、有名な軍艦以外は、これが長良《ながら》型の二等巡洋艦、これが夕雲《ゆうぐも》型の一等駆逐艦と、代表選手が揃えてあるだけであろう。

龍角散艦隊の場合、夕雲の同型艦が二十隻いたとすると、夕雲、秋雲《あきぐも》、巻雲《まきぐも》、高波《たかなみ》、涼《すず》波《なみ》、秋霜《あきしも》、清霜《きよしも》……、原則として二十隻全部いる。

波《ハ》号潜水艦などという、およそ人の知らぬ小型オンボロ潜水艦でも、鬼のおくびが乗っ

ていたのは波の何号だったっけと、倉庫をさがしてもらえば、そのものズバリ波第一〇六潜がいる。

蜻州丸《せいしゅうまる》がいたのにも驚いた。

これは、海軍の船ではないけれど、海軍に縁のある船、軍縮で不要になった大口径砲を海軍からゆずり受けた陸軍が、孤島の要塞へそれを運んで行って、要塞砲として据えつける時に使った特殊な運搬船であった。舵がたしか三枚あって、奇妙な動き方をすることが出来た。設計したのは海軍である。

大和や信濃から蜻州丸まで、よくもまあ揃えたものなり。このミニアチュア艦隊をプラモデルと勘ちがいする人があるが、全部朴《ほお》の木の削り下ろし、精密な六百分の一モデルで、半永久的に狂いが来ない。むろん、社長の日曜大工で、これだけの大艦隊が揃うわけはなく、工廠が存在する。

工廠長兼設計主任兼職工の名は、宮内晴美《みやうちはるみ》さん、藤井さんよりはるかにまた若い。宮内工廠発祥の地は、町の八百屋の二階だったという。

発注側と受注側と、意気投合して、たいへんな手間暇をかけて、艨艟六百作り上げて、亡き帝国海軍、ゴホンの薬の宣伝に何か役立つかと言えば、おそらく何ンにも役立つまい。後世これだけの知己を得て、以て瞑《めい》すべしと思った。

時々展示の予定があるそうで、次回は、

「あんたの乗った波号がいるよ」

と、鬼のおくびを誘って、拝観に行って来ようと思っている。

ネルソンと東郷

「うちの聯合艦隊を見にいらっしゃい」

と、龍角散にさそってもらった次は、

「森《もり》田《た》中将の思い出話を聞く会があるんだが、来ないかネ」

と声がかかった。

機関科出身の森田貫一《かんいち》中将、お名前は知っている。

「だけど、もう相当な高齢でしょ」

「満九十」

「九十？　思い出話を聞く会って、失礼ながらおつむの方はしゃんとしておられるのかナ」

「それが、大変なしゃんとぶりで」

面白そうだから、聞きに行くことにした。

当日、控え室の森田老に初対面の挨拶をすませ、わきから拝見していると、どうやら老眼鏡も補聴器も要《い》らないらしい。

「その時ね」

と、世話役相手の雑談が、大体五十年か六十年前のことだが、記憶はきわめて鮮明なようであった。

開会の時刻になって、一同別室に移り、

「その時、お召艦のデッキに東郷元帥が立ってたんです」

と、旧海軍の若い連中を前に、老提督は語り始めた。

若いといっても、聴講者のほとんどが六十、七十、八十――、これで私は、いつも少々気になる。禿と白髪のわれわれ元ネイビーにとってこそ、高砂の翁のような老中将の話も興味津々だけれど、こんなこと書き列《つら》ねて、ほんものの若い人たちがどう思うだろうと。

しかし、よく考えてみれば、それほど気にする必要もあるまい。どんな分野にせよ、六十年前の、半ば歴史上の人物の、生き生きした動きを具体的に聞ける機会なぞ、そうざらにありはしない。だから、古老の昔話を中老の私が取りつぐから、皆さんもまあ、耳をすましてお聞きになるがよろしい。

「お召艦の水兵たちがデッキ洗いをしてました」

昭和初年、大演習が終ったあとの、観艦式の日の思い出である。お召艦の後甲板に、東郷平八郎元帥をはじめ、色んな偉い人が並んでいた。そのうちの誰が元帥だか、長官だか、侍従武官だか、水を流して、はだしで這いつくばって甲板掃除をやっている水兵には分らない。

「そこの長官、ちょっとどいて下さい」

一人が東郷さんに註文をつけた。日本海軍の生き神様とあがめられている東郷元帥が、

「はいはい、ホイよ」

と、わきの、少し高くなった、水洗いの邪魔にならぬところへよけた。

「それを見てびっくりしたのが、侍従武官長の奈良《なら》陸軍大将ですよ。陛下はその時どこにおられたのかと思うんだが、とにかく奈良武官長が、中佐の私のところへツカツカと寄って来て、『恐ろしいものを見た』と言われましたね」

礼装に威儀を正して立っている大将元帥を、掃除の邪魔だからと、一兵卒がどかせる光景なぞ、陸軍では絶対見られない。たとい相手が小隊長だって、あり得ない。

「これは君、一体どういうことかと質問されるので、まあ、海軍では軍艦に乗りこめば、大将も水兵も一蓮托生、死なばもろともですからと、私は答えておいたんだが……」

多分、それだけではないだろう。プロシャ流――、のちのナチス流コチコチが好きなのと、英国流のフレクシブルなのが好きなのと、そのちがいだったと思われる。

ついでに言えば、陸軍に影響され、ナチスにかぶれ、伝統のフレクシビリティと親英姿

勢を捨てた時が、帝国海軍の滅びの支度が始まる時なのだが、本来はそうでなかった。生き神様の東郷元帥に対しても、現人神《あらひとがみ》の天皇に対しても、そんなにコチンコチンにはならなかったのである。

陛下のことを「天ちゃん」と呼んだけしからん海軍中将のことは、前に書いたが、大正十四年、今の陛下摂政宮時代、軍艦長門のデッキで水兵の相撲を御観戦中の写真を見ると、まわりの海軍士官たちが、のびのびと実に自由な恰好をしているのがよく分る。高松の宮さんは足を組んでいる。軍令部長鈴木貫太郎大将は、

「おッと、寄り倒しか」

というように、土俵の方へ身を乗り出している。そのほか、うしろを向いて笑っている者、腕組みをしている者、現人神の前における態度とは、到底思えない。一番きちんと姿勢正しいのは、むしろ陛下御自身。

東郷元帥の場合も、右派で野心家の加藤寛治大将や末次信正大将、番頭格の小笠原長生《ながなり》中将らが、「聖将」に仕立ててむやみやたらとかつぎ上げたから、変なことになってしまったので、もともとは、誰も「絶対の存在」などと思っていなかった。

日露戦争日本海海戦大捷《たいしょう》のあと、礼装姿の東郷平八郎提督を商標にした、「東郷ハガネ」というドリル、カッターの製作会社があった。その商標を指さして、

「あれがほんとの東郷バカネ」

冗談だか地口だか、海軍士官が平気でそういうことを言っていた。

海軍は軍隊だから、規律がやかましいのは当然だが、厳格な規律と自由な議論とが矛盾せず、「軍人たるの本分」とデモクラシーとが相反するものでなかった時代――、森田貫一九十翁へ話を戻すと、海軍のよき伝統が生きていたそのよき時代に、この人は機関大尉で英国へ留学した。

大正十三年から十五年までの二年間、イギリスの方も、「英国病」などという言葉を知らぬよき時代だったろうが、メインテーマはその日、何となく老中将若きころの英国留学体験談になって行った。

語学研修の訓令を受けているので、海軍のことなぞ何もやらなくていい。英語をマスターし、英国人の友だちを大勢つくり、大英帝国の気風とはどんなものかを学び取るように勉強していればすむ。

大学は、今、陛下のお孫さんが留学中のオックスフォードだが、仲よくなった英国海軍の若い士官に、ある日ロンドン市内を案内してもらった。トラファルガー・スクエアへ来ると、ネルソンの像が高くそびえている。友人の士官は、それを見上げ、お世辞でもない淡々とした口調で、英国史に名高いこの提督を、

「Next to Togo.」

と説明し、東海君子国の大尉を文字通り仰天させたそうだ。

親英派と親独派

「英国海軍の士官で、もう一つ驚いたことがあります」

と、森田貫一老中将の思い出話がつづく。

ある時森田さんは、英国の港へ軍艦の見学に行って、その艦の当直将校が先日、勤務怠慢のかどで告発され、懲罰を食ったという話を聞かされた。仕事を副直将校にまかせ、下へ下りてサボっていたためにやられたのだそうだ。

どこの国の海軍にもよくある小事件で、そのこと自体には驚かなかったが、告発した男が告発された士官の兵学校同期生と知って驚いた。クラスメイトの不行届きは、クラスみんなでかばって、表沙汰にならないように、懲罰なんぞ食わないようにしてやるのがあたり前と、日本流に考えていた。

「何故、そんな情《じょう》の無い……」

と質問すると、

「もし他から告発されたら、クラス全体の恥だから、同期の者が先んじて告発した」

という答が返って来た。しかも、告発した士官を非難する者皆無だった事実に、若き森田機関大尉は、「さすがロイヤル・ネイビー」と感心なさるのだが、私個人の感想を言えば、このやり方、もう一つ馴染めない。親兄弟、幼な友だちにも気を許せぬ共産主義社会と似ているようで、何だかちとイヤな気がする。

「父ハ子ノ為ニ隠シ、子ハ父ノ為ニ隠ス。直キコト其ノ中ニ在リ」

という論語の言葉を思い出す。

孔子さまの友人の政治家が、自分の村に正しいことの大好きな立派な少年がいると自慢した。

「何しろその子は、お父ッつぁんがよその羊をちょろまかしたのまで告発して、父親を有罪にしてしまったんですからナ」

「そうかネ。うちの方の村じゃあ少しちがうよ」と、孔子さまが言った。「子供の悪事は父親がかばってやる。父の犯した罪は子がかくす。ほんとうの正義とは、そういうもんじゃないだろうかね」

——儒教文化の影響下に育った人間と、キリスト教文化圏に育った人間では、考え方がちがうと、怪しげな比較文明論は遠慮するけれど、本来、共産主義社会のような狂信硬直を嫌うのが、英国人の特性であるはずだ。ただ、大英帝国よき時代の海軍士官は、物ごとにフェアでありたいとする気風願望がよッぽど強かったのではあるまいか。そこから、同期生に対する「公正な告発」が起ったり、「Next to Togo.」とネルソンを評する言葉が出て来たりするのではあるまいか。

この日、森田老翁も談話の中で、

「めったに使いませんが、“That's not fair.”と言われたら、ケンカだって負けですよ。非常に強い表現ですし、彼らが一番恐れ、いやがる事柄なんです」

と、繰返し語った。そして話は、オックスフォードの思い出へ戻って行った。

アメリカの教育視察団が、ドイツの教育制度調査を了《お》えて訪英し、オックスフォード大学へやって来た。森田大尉も出席した歓迎会で、総長が歓迎の辞を述べた。

「アメリカの皆さん、ようこそオックスフォードへいらっしゃいました。あなた方はドイツで、先週まで学者を作るための教育制度を充分視察し研究なさったと存じます。どうか本学においては、人間を作る教育がどんなものか、それをしっかりと見てお帰り下さい」

自信にみちた英国人総長の挨拶に較べ、ドイツ人留学生某の表情は、今一つ冴えなかった。第一次世界大戦に敗れて、未だ四、五年目である。その人は、一年間の有給休暇をもらってオックスフォードへ勉強に来ているドイツ海軍の大尉であった。同じ留学生仲間の森田大尉にしたしみを示し、色々打ち明け話をして聞かせる。

「自分の体内にドイツ民族の血が流れているのが、僕はこわい。昔から、食うや食わずで一所懸命働いて、やっと立ち直るだけの力を貯えると、ドイツは必ず他国への侵略を開始し、その結果負けて元の振り出しに戻る。今度の戦争だってそうじゃないか。それを考えると僕は悲しいんだよ」

　この大尉の告白を、もっと大勢の日本人が聞いて、あと十六、七年、しっかり胸の内へたたみこんでいれば、或はナチスと一蓮托生、国中焼野原にするの愚をおかさずにすんだだろう。

「一体、ある時期からどうして、親独派が国内であんなに勢力を得るようになったかと言いますと」

と、森田中将は説明した。

「ほかにも様々な原因がありますが、第一次大戦後、若くしてドイツへ留学した人たちが、すっかりドイツびいきになってしまった、それが大きいんです。当時のドイツは敗戦国、日本は戦勝国、こっちは豊かで向うは貧しい」

　金があるから、御馳走も食える、女にももてる。ドイツ暮しが楽しくてしようがない。ドイツ建築、ドイツ音楽、ドイツの持つ工業技術、ドイツ流の観念論まで、すべてすばらしく思えて来る。のちに日独伊三国同盟問題が起るころ、この連中はちょうど五十前後の働きざかり、国の運命を左右し得る立場になっていた。

「人間、弱いもので、その国に対する印象なんて、ちょっとしたことで変ってしまうんです」

森田九十翁の、今も変らぬ英国びいきも、色んないい思い出の上に成り立っているらしかった。

オックスフォードでの修学を終えた森田大尉は、ロンドン市内のキングス・カレッジへ移った。下宿が要るので、こちらの身分を明記して新聞広告を出しておいたら、部屋を貸してもいいと、申し込みがあった。

行ってみると、テニスコートの二つある大邸宅である。自動車がこちらの門から入って向うの門へ出る。家をまちがえたのではないかと、不安に思いながら案内を乞うと、玄関へあらわれた夫人が、

「うちです」

と言う。

東洋人の自分を何故と不思議だったが、

「日本海軍の士官なら、一緒に住んでいただいて、子供の教育上ためになると思いましたから」

と、それが奥さんの挨拶であった。

息子が二人、娘が一人、ともに大学生、以後森田さんは、彼らの兄の如き扱いを受けて、英国を離れる日までこの家に暮す。

帝国海軍、未だ世界に評判のよかった一九二〇年代のエピソードをあれこれ語り了えて、

「車？　そんなもの要らん要らん」

と、老中将は帰って行った。会場を立ち去るうしろ姿が、七十歳に見えた。

罐焚き

森田貫一翁の思い出話を聞く会に、キヤコのお父さんが来ていた。キヤコというのは、わが家の娘と学校時代同級生だった木山和子、その「お父さん」は、機関学校出身の木山正義《まさよし》中佐。キヤコは敗戦後、木山元中佐が四十いくつの時生れた末っ子であった。もうお嫁に行って、目下遠いブラジルにいるから過去形で書くのだが、木山さんは今でも、この末娘が可愛くて仕方がないらしい。

それで可愛さの余沢がキヤコの友だちに及び、友だちの父親へも及び、私に対してすこぶる御親切である。

「その問題をお知りになりたければ、いい本があります」

旧海軍燃料関係エキスパートの木山さんが、わざわざ参考文献を送って下さったり、長い手紙を下さったり、常々色んなことを新しく教えてもらっている。

一系問題についても同様であった。一系問題というものを、読者諸賢、御存じであろうか。大体、「機関科の森田貫一中将」「機関学校出身の木山正義中佐」と私が書いているのに、お気づきであろうか。

今となっては「どうでもいい」ことかも知れないけれど、一見フェアな海軍士官たちの社会で、出身学校別による根強く陰湿な差別が公然とおこなわれていた。江田島の海軍兵学校と舞鶴の海軍機関学校、いずれも昔は、海国日本の少年たちあこがれの花形スクール、難関の入学試験をパスすれば、同じ制服同じ短剣姿の生徒さん、卒業したら晴の遠洋航海へ出て、帰国後は全く対等の海軍少尉——、と考えていたら、これが大まちがい。

軍人でありながら、機関学校出身者には軍隊の指揮権が無いにひとしかった。皆さん、戦争映画で、機関科将校が大活躍するシーンを見たことがありますか。

「第一次攻撃隊発進用意」

「左砲戦。取舵一杯。追撃に移れ」

命令を下すのは、いつも兵学校出の兵科将校、たとい負けいくさの記録でも、

「艦長退艦を肯《がえ》んぜず、従容として艦と共に沈み行く」

と、脚光を浴びるのは兵学校出身者ばかり、

「艦長ニモナレズ

司令官ニモナレズ
ミナニ罐焚《かまだ》キトヨバレ
ホメラレモセズ
モンダイニモサレズ」

艦底のボイラー・ルームで、黙々と死んで行くのが、機関科の宿命であった。

洋上戦闘中、軍艦が大被害を受け、ほとんどの士官が戦死して、中佐の機関長と少尉の通信士だけ生き残った。さあ、どちらがあとの指揮権を握るかといえば、若い通信士の方で、中年の機関長はその命令にしたがわなくてはならない。

大将になれるのも、兵学校卒業生にかぎられていて、機関科は中将どまり。日常、士官室のテーブルでも、必ず兵学校出が上席につく。これでは片ッ方、面白くない。弊害が生じる。兵科と機関科を何とか一本にしぼって、差別を撤廃し、身分の上の平等化を実現しようというのが、一系問題であった。

　森田老は中将だから、機関学校卒業者としては最高位に昇った人で、当日、一系問題の話も出た。その時、キヤコのお父さんが、若いころのこういう思い出を語ってくれた。

「私の郷里は熊本の田舎ですが、ある年くにへ帰ってみましたら、同じ村の私より大分後輩の少年が、その春兵学校に合格して、夏休みで帰省して来ておりました。そちらの親戚や親兄弟がみんな、木山さんとこの正義さんは大尉だが機関科だから、うちの子の方がほんとは偉いんだと言いふらして歩いているということでして……」

この風潮が改善されなければ、そのうち何かが起る。機関科将校の大量辞職か、職場放棄か、血で血を洗うクーデターか。一時は「一触即発」と伝えられたこともあった。

差別撤廃にもっとも熱心だったのは、井上成美提督である。ただし、その研究と努力が実を結んで、機関学校が海軍兵学校舞鶴分校と名称をあらため、機関科出身者にも司令長官海軍大将への道が開かれたのは、もうすぐ大将も司令長官も要《い》らなくなる敗戦まぎわという皮肉な結果に終った。

不熱心、不寛容な方の旗がしらは、奇妙なことに日本海軍のシンボル東郷平八郎元帥であった。

機関科の一系化要求、こんにち流に言えばデモ陳情騒ぎは、古く大正末年にもう起きているのだが、

「機関士どもが未だそんなことを言うのか。今後、この問題に一切口を出さすな」

と、東郷元帥の鶴のひと声で鎮圧（?）されてしまった。老東郷の頭には、機関科将校すなわち蒸汽船の罐焚きぐらいの観念しか無かったらしい。

だから、機関学校出身者の中には、海軍亡びて四十年近い今も尚、

「東郷さんをお恨み申し上げております」

と言う人がいる。

原宿の東郷神社の社殿の前で、

「俺は東郷さんのみたまに拝礼なんかしたくないんだが、東郷会の役員に名を列《つら》ねてるんで仕方がない」

と、いやいやお辞儀をする人もある。

井上成美大将に至っては、

「如何に偉功をたてた軍人といえども、これを神格化するなど、以てのほかのこと」

と言い、

「日本を亡ぼした者は、陸軍と一部の海軍軍人。海軍を亡ぼした者も、東郷さんを初めとする一部の海軍軍人」

と公言してはばからなかった。

ネルソンと並ぶ名将と評された東郷元帥を、彼があまり快く思わず、三等大将としか考えていなかったらしい理由は、いくつかあるけれど、一系問題処理についての不満もその一つであった。

もっとも、人間の集るところ必ず差別が生じるという意味では、兵科将校の機関科差別など、別に珍しいことではない。江田島でも舞鶴でも、将校生徒たちは私ども予備学生出身士官を「スペア」と称して馬鹿にしていたようだし、我々は我々で、兵隊上りの特務士官を「スペさん」と言って馬鹿にし、一方、横須賀の兵隊は佐世保の兵隊を「田舎ッペえ」と馬鹿にした。その実態の拠《よ》って来たるところが知りたければ、海軍のことを調べるより、高崎山のお猿の生態でも調べた方が早分りかも知れない。

侯爵の植木屋

機関科将校差別のこととか、東郷元帥のこととか、あれこれ書いているうちに、ふと、志賀直哉《しがなおや》の初期の短篇「無邪気な若い法学士」を思い出した。テーマは、海軍と直接関係が無い。若い銀行員と文学青年とが、お互い心の中で相手を差別し軽蔑する物語である。

時は明治四十二年、ところは新橋を出て横浜へ向う朝の通勤列車の車内。志賀直哉と武《む》者小路実篤《しゃのこうじさねあつ》と、直哉のボート部時代の友人瀧村が登場人物。

志賀武者の二人は、小説家を志す未だ無名の大学生だが、瀧村の方は、すでに学校を出て横浜の銀行につとめる身なりも颯爽《さっそう》とした法学士、二人が乗っているのに気づいて、

「暫《しばら》くだねえ。何処へ？」

にこにこして寄って来る。

文学仲間を訪ねて沼津へ遊びに行くところだと答えると、いいなア、自由な身分で羨しいなアと言うけれど、あまり本気で聞いてはいない。僕ら勤め人の生活なんかつまらないよ

と言う口の下から、得意でたまらない様子がすいて見える。のみならず、文学などという金にもならぬことをやってウダツの上らぬ旧友を、憐れむ気配がうかがえる。

武者小路実篤は、知らん顔して新聞を読んでいる。わが志賀直哉も、「単純なもんだ。自分たちの世界とかなりちがうな」と、俗物蔑視の思いでいるのだが、口には出さない。

瀧村との間で、新荘はどうした、赤ペンは今何してると、ボート部仲間の噂話が始まる。

「それから東郷の彪兵衛《ひょうべえ》は？」

「三年位まるで会わないけど、熊本へ行ってるって話だ」

「高等学校か」

「熊皮校《ゆうひこう》と云う学校だ」

「寝相の悪い奴でな、向島で障子をかけて眠ってた事があったぜ、あいつもおやじが偉くなり過ぎたんで弱ってるだろう」

何故この作品のこの場面を特に思い出したかというと、「東郷の彪兵衛」なる寝相の悪い人物、実は東郷平八郎提督の長男だからである。

彪兵衛さんは本名東郷彪《たけし》、二人の口ぶりより察すると、割合みんなに好かれた愛嬌あるお人柄だったようだが、何らかの理由で、――多分落第の回数が多すぎて、学習院から熊本の済々黌《せいせいこう》へ転校させられた。これが、小説の中の「熊皮校」にあたる。

済々黌はしかし、落第坊主（？）が都落ちして行くような、いい加減な学校ではなく、九州で指折りの由緒ある名門中学であった。当時、井芹経平《いぜりきょうへい》という名物校長がいた。

東京の東郷家が、

「この度日露戦争戦勝記念の凱旋観艦式がおこなわれるので、息子を休ませて、上京参列させてやってほしい」

と申し入れて来たのに対し、井芹校長は反対した。

「中学生は勉強するのが本務だ。お父上の晴の舞台であろうとも、観艦式参列のため学校を休むというのはよろしくない。許すわけにいかない」

二年後、彪兵衛クンがやっと済々黌を卒業出来る段取りになった時、今度は熊本藩出身の重臣清浦奎吾《きようらけいご》を通じて、東郷家より再び問合せがあった。

「あれを将来、どんな方面に進ませたものであろうか」

井芹校長が答えた。

「頭が悪いから、百姓にしたらいいだろう」

それで、東郷家の跡取りは、東京高等農林学校へ進学し、のち農事の研究に英国へ渡って、大正初年帰朝後、宮内省内匠寮の御用掛となった。つまり、植木屋である。菊作りは名人だったそうだが、父元帥の歿後、侯爵をついだので、爵位ある庭園師として、退官まで長く宮中につとめた。

私は亡き東郷元帥もその息子の亡き彪氏も、馬鹿にする気は全くないけれど、人間ある程度以上偉くなると、神格化現象が起る。志賀直哉の短篇にある通り、平八郎提督は明治末年、もはや「偉くなり過ぎた」存在であった。これをますます偉くし、神様仕立てにした最も阿呆な功労者は、「東郷さんの番頭」、子爵小笠原長生中将であろう。こういう人の筆にかかると、「元帥の御言葉すべてすばらしく、御家庭は春の如く、奥様も御立派、御令息御令嬢も皆御立派」と、へんなことになってしまう。

またまた話が散らかるが、いつぞや「本務の原稿書きを休んで」、龍角散艦隊の観艦式を見に行った時、「アミラーリ」というフィンランドのビールを御馳走になった。ラベルの絵が東郷元帥だったので驚いた。聞けば、アミラーリ即ちアドミラル、世界の有名アドミラル二十何人かの肖像をラベルに使う「提督印のビール」なのだそうだ。

東郷提督亡くなって五十年後のこんにち、ヨーロッパにおいて尚然り、当時日本国内での「偉さ」は大変なものだったはずだが、井芹経平は神様すじの申し出に、屈したりへつらったりしなかった。その気骨こそほんとうの「御立派」かと思う。経歴を知らないけれど、元寇《げんこう》の折活躍した肥後の武将で井芹経秀なる者の名前が、ものの本に見える。この武将の末裔《まつえい》ではなかろうか。

井上成美大将が東郷さんの神格化を絶対認めなかった話は、前に書いたが、戦前の日本海軍、井上提督のような、或は井芹校長のような人が、他にも少なからずいたのであって、昭和敗戦史を考える上で、私などにはそれがわずかな慰めになる。一方に毛沢東か金日成みたいな神様がいて、他方まわりをイエスマンばかりが取り巻いて、国をメチャクチャにしてしまったわけでもないと思えるから。

その例に、森田貫一中将と同じくらいおつむのしゃんとしている吉見《よしみ》信一《のぶかず》老少将の直話を一つしるしておこう。

「私のおやじ（吉見乾海《けんかい》提督）の次のクラスに、高島《たかしま》萬《まん》太郎《たろう》さんという優秀な人がいたんですが、大正の初め、大佐の時亡くなりましてね、そのあと奥さんが、墓石の字を東郷さんに書いて頂こうと思い立ったんです。同期の岩村俊武《いわむらとしたけ》大佐が故人と同じ土佐出身だし、東郷さんの参謀をやったこともあるんで、この人のところへ相談に行った。そしたら、岩村大佐から、『そりゃ頼めば書いて下さるだろうが、東郷さんに墓の字を書いてもらって、高島が果して喜びますかネ、そんな男だったでしょうかネ』と言われ、奥さんはッとなって、『よく分りました。只今のお願い、取り消します』と、帰って行かれたそうです。あのクラスには、鈴木貫太郎さんもいるし小笠原長生中将もいるし、まあ色々様々ですが、当時大体はそんなもんだったんですよ」

文壇海軍見立て

久しぶりで鬼のおくびに会ったら、

「この間の国際ペンクラブ大会、出席して、たいへん面白かった」

と言うから、私は少なからず心外であった。

「そうかねえ。あんなもの、僕は出る気も協力する気も無かったがねえ」

何故無視したかと言うと、ほかにも理由はあるけれど、東京における今度の大会、メインテーマが、

「核状況下における文学──なぜわれわれは書くのか」

こんな押しつけがましい、ウサンくさい、政治的な、文学会議のテーマがありますか。これでは、戦争中の「大東亜文学者会議」と同じじゃないか。大体、「われわれは、われわれの」という言い方、きらいなんだ。文士の中でも、一番インチキくさい連中が好んで使う表現だと思っている。──そのことはこれまでに何度も言っている。

「もともとですね。『核状況下における』云々《うんぬん》は、おとどしの『文学者反核署名運動』の名残りでしょう。僕は、署名なんかしませんでした。『核はこわい、核兵器を無くせ』、そりゃ、反対のしようが無いほど結構なことですよ。しかし、誰が誰にあの正義の旗を振らせているのか、よく考えてごらんなさい。イソップ物語ではないけれど、肉食廃止を唱え出した狼に、兎が拍手を送っていては、いくら何でもおめでたすぎやしませんか」

深刻そうな顔して運動方針を協議している「文学者」たちの写真を、新聞で拝見し、当時胸がムカついたものだが、一方、ナニ二年もすりゃと思っていた。案の定、この二年間で、大多数の文学者が鳴りをひそめてしまった。ベトナム「解放」後、現実のベトナムがどうあろうとべ平連は沈黙を守り、アフガニスタンに何が起ろうと「ア平連」なぞ決して作らない。それと同じで、いい加減なものなんですよ。

ペン大会へ「核」を持ちこんだのは、行きがかり上（？）鳴りをひそめにくかった（？）残り少数の兎と、兎より賢いムジナであろう。

「そうして、『なぜわれわれは書くか』と来た。僕なら、生活のため、多少の楽しみと多少の名声欲のためと答えるけど、あの人たちはちがうのかい」

とまあ、その程度に私はムカムカしていたので、

「何がどう面白かった？」

おくびに対し、やや詰問口調になった。

「何がって、あんた」と、おくびは言った。「高名な先生方が、色んな思惑で、右往左往チョコマカウロチョロなさるのを、はたから見とれば面白うて面白うて」

「ああ、それなら分る。それだったら分るよ」

鬼のおくびは自他ともに認める文壇通、私は――、海軍通とまでは申しかねるけれど、おくびのネガを私の方へかさね合わせて、

「文壇海軍見立てにしてみりゃ、もっとよく分る」

対米開戦の際、海軍大臣は嶋田繁太郎《しまだしげたろう》大将。野心があり、なかなか政治的手腕もあり、それでいて人あたりよく押し出しは立派、こういうのが文壇にもいる。大臣、大将と、位人臣《くらいじんしん》を極め、勲章もたくさんもらったけど、もう一つだけ、世界的な大きな勲章がほしい。

他方、五・一五事件の青年将校みたいなのもいる。

「大会をやるにあたって、財界から一切の寄附を受け取るな。ペンの汚れだ」

「反核の線をつらぬき通せ」

大臣としては、「その心情を諒とするも」、この種「正義」の大好きなはねッ返りは困る。そこで、飴をしゃぶらせる。飴をしゃぶらせて――、何の話をしているかと言えば、もちろん海軍の話ですよ。

開戦時の海軍次官沢本頼雄中将は、元来アメリカとの戦争を何とか避けたい穏健派で、

「次官軟弱」と非難されていた。

「このままではいくさになります。私、菲才《ひさい》にしてその任に堪えられませんし、所見を異にしますから、辞職させて下さい」

と、大詰めのところで、大臣室へ訴えに行く。それを、嶋田大将が得意の政治手腕で慰留する。

「次官は二年つとめてもらわなくては困るよ。君、未だ一年にもなっていない。君の次のポストとして、聯合艦隊の司令長官を考えていることでもあるし、辞めるなんて言わずに、とにかく今しばらく、このままつづけてくれ給え」

青年将校ではないけれど、飴をしゃぶらされて、沢本中将グニャグニャになってしまった。その結果、嶋田と組んで対米戦争に突入し、東條内閣総辞職の直前まで三年間、海相と進退を共にするのである。グニャグニャになった模様が、沢本提督御本人の戦後の反省録に、

「次官ハコノ言ニ対シ稍《やや》感激ノ念ヲ催シ」

と、はっきり載っている。

飴の種類が、世界第三位の大艦隊だったか、「これから君たちの時代ですよ」と、小粒の文壇飴だったかのちがいはあるけど、似てますねえ。

俗流大将が安普請の正義派とからみ合って、「核状況下における文学」というような看

板を押し立てるまでのもろもろを想像すると、おくびならずとも、たいへん面白い。

自由に考えて、自分の判断で、正しい旗を振っていると信じていても、仰有ること朝日新聞の論説そっくりだったり、背後に国際謀略思想宣伝の手が動いているかも知れないなどとは、つゆお疑いにならぬ様子だったり、ほんとうに似ている。

三国同盟是か非かの議論がさかんだった昭和十三、四年ごろ、海軍の中枢につとめていると、軍令部の吉田英三《よしだえいぞう》中佐とか柴勝男《しばかつお》中佐とか、ドイツ帰りの威勢のいいのが、昼の休憩時間も大分過ぎたころ、赤い顔して戻って来るのをよく見かけたそうである。

「河庄という料亭で打ち合せがあるんだと言ってましたがね、ただの事務的打ち合せじゃないのは、顔の色見りゃ分りますし、それに、やや消耗してる感じがあってね」

「消耗してる感じって、何ですか」

「つまり、昼間から、芸者か何かを……」

彼らが、誰の金でどんな相手と何の「打ち合せ」をしていたか、未《いま》だに謎ですと、私はこの話を、当時中央にいた元大佐某氏から聞かせてもらった。

繰返しておくが、以上メインテーマは海軍、鬼のおくびの片言に刺戟されて、私が文壇海軍見立てをしてみたまでのことで、文責、想像責、すべて在筆者、おくびは直接関係が無い。

航空母艦の幽霊

私が思うに、腕ききの編集者というものは、書く気の無い相手を、ふッと書く気にさせてしまう。小説家の意識の中で眠っていた素材を、突っついたり、脅したり、おだてたりして目覚めさせる。それがやれるようになるには、守備範囲の作品群、精読していなくてはならないし、しかし、文士の身辺事情もよく知っていなくてはならない。だから彼らは、文士以上の文壇通で文士よりはるかに読書家なのである。

鬼のおくび流に言えば、

「どの作家のどこを小突いたったら、どんな音出しよるか、みな分っとる」

ようでないと、脅しもおだても効き目がうすい。

現役を離れて久しいおくびのカンが、今も「みな分っとる」ほど冴えているかどうか、保証のかぎりでないが、前回のテーマも今回のテーマも、おくびとしゃべっているうちに、書く気を起したのは事実であった。

国際ペン大会の話のつづきで、鬼のおくびがこういうことを言った。

「文士の生態を長年見とると、若くして高名になった人というのは、常にみなから注目されとらんと、心が落ち着かんのじゃないかね。三島由紀夫があゝいう死に方した原因の一端も、そのへんにあったという説がある。分る気がする。三島さんがそうだったわけでもないが、自分の小説随筆、人は全部読んどるという前提でものを言うのがおるよ。私の書いたものなんか、どなたも読んではいらっしゃるまいからと、謙遜な立場を持して仕事しとる人の方が、わしは好きなんじゃが」

「ああそうかい。それなら書くことがあるんだ」

ただし私の場合、「眠っていた素材」とか三島由紀夫がどうしたとか、そんな大袈裟な話ではない。実は、昔作中にしるしたエピソードをこの海軍随筆で再使用していいかどうか、迷っていた。自称「大文壇通」のおくびが保証するなら、

「私の書いたものなんか、どなたも読んではいらっしゃるまい」

と、「謙遜な立場」で再使用しようと思う。

私どもが少尉に任官し、海軍省構内、軍令部特務班というところへ配属されて四カ月目の昭和十八年暮、S班C班の兼任課長で江口《えぐち》穂積《ほづみ》中佐という人がいた。

S班はソ連、C班は中華民国の情報担当、私はC班の解読係である。アメリカ暗号イギリス暗号の連中とちがい、中国の暗号は比較的解きやすく、おかげで仕事が面白かった。

重慶政府の軍令部が、某日、在ワシントンの中国海軍武官あて、電報を打つ。埼玉県の芋畑の中にある大和田通信隊が、これをキャッチして特務班へ届けて来る。解いてみると、
「最近太平洋方面の戦況に関し、詳細な情報が重慶へなかなか入って来ない。貴官はよろしく米海軍省と折衝し、もっと詳しい情報を流してもらえるよう努力せよ」
と、原文中国語の訓令が出て来る。

ははアというわけで、三、四日待っているうち、今度はワシントンの海軍武官より重慶軍令部あての電報がつかまる。
「訓令にもとづき、米海軍省と極力折衝せるも、貴国の暗号は日本側に解読せられある疑い濃く、これ以上の機密情報を提供し得ざるを遺憾とすとのことなりき」

これは当時、連合国側にとって、かなり深刻な問題であったらしい。カイロ会談の時、ルーズベルトとチャーチルが、秘密事項をどの程度まで蔣介石《しょうかいせき》に洩《も》らしていいか、迷ったという歴史小話がある。つまり、蔣さんに話せば、蔣さん重慶へ暗号電報を打つだろう。打たれたら、内容が日本へ筒抜けになるのを覚悟しなくてはならなかった。

さて、課長の江口穂積中佐だが、かくも重要な仕事をやっている私の、努力して提出する解読情報を、ちっとも見ようとしない。未決の籠の中に、出した書類が一杯たまっている。当人、電気ヒーターに毛布をかぶせた炬燵を作らせ、これにぬくぬくと温まって、ダンヒルのパイプで英国タバコを吹かしながら、赤い表紙の機密図書ばかり、熱心に読んで

いる。チャイナの電報なんか馬鹿にしてるんだろうと、腹が立った。

「課長。ニューデリー在勤の重慶海軍武官電によれば、英国の空母グローリアスが、只今駆逐艦一隻を伴ってボンベイ入港中であります」

　きょうこそ馬鹿にさせんぞという意気ごみで、私は解き立ての電文を見せつけに行ったことがあった。

「グローリアスがボンベイにおる？」

　江口中佐は赤本から顔を上げた。

「原文はどうなんだ」

「原文はこの通り、英航空母艦輝煌号となっております」

「それがシナ語でグローリアスという意味か」

　そう言われると、ちょっと自信が無い。口ごもった途端、

「英国のグローリアスは、とっくに沈んでおるはずだ。インドに航空母艦の幽霊が出たか」

　と、叱りつけられた。

「特務班の士官が、こんな不見識な情報を持って来てどうする。調べ直して来い」

　ますます不愉快だったが、助手の下士官にジェーンの年鑑を出させて、英国の現役空母をあたってみると、「ア、いけない」、輝煌号はグローリアスじゃなくてイラストリアスだ

ろう。輝の字を栄光と結びつけて、早とちりしたらしい。

「まちがいました。イラストリアスと訂正いたします」

あらためて届けに行った。課長はすぐ、

「英国東洋艦隊策動ノ兆アルモノト認ム。ベンガル、スマトラ方面厳戒ヲ要ス」

という味方部隊への注意電報を発信させた。

それにしても、うちの課長変っとるなあ、面構えは傲岸尊大、仕事は不熱心、「めんどくさい」と称して、海軍士官のシンボルである短剣を吊るのをいやがる。

一体どういう経歴の人なんだ、毎日読んでるあの赤表紙の機密図書は何なんだと、われわれS班C班の少尉一同、興味を持ち、江口中佐の帰ったあと、しまってある赤本をこっそり調べてみたら、全部『半七捕物帳』であった。

「その話、どこかで読んだ」

と仰有《おっしゃ》られても困るので、前述の通り、今回の文責は在鬼のおくび、「私の書いたものなんか」どなたも読んでいらっしゃらないとの建前に立って、江口穂積中佐の逸話、未だつづきがある。

公用特急券

戦局多端だった昭和十八年が、あと二日で終るという十二月三十日の晩、江口中佐とＳ班の藤平田《とうへいだ》という少尉と私の三人が、同じ部屋の当直になった。当直といっても、中華民国（重慶）の海軍は存在しないも同然だし、ソ連とは未だ敵味方の関係でなかった。したがって、Ｓ班Ｃ班へ、夜半緊急重要な電報が飛びこんで来てざわめき立つというようなことはまず無い。

二階のＡ班では、通信解析専門グループの忙しげな声がしている。

「一九二五、目標ＮＥＲＫ、高雄の四十八度。一九二七、目標ＦＥＭＹＨ、トラック島の百四十五度」

これは、電波で方位が測定されたアメリカの潜水艦や一般艦船を、刻々中部太平洋の図上にプロットする作業をやっているのである。暮であろうと大晦日であろうと、米海軍は休んでくれない。おかげでＡ班も休めない。それに引きかえ、階下の私どもの部屋は静かなものであった。

「おい、一日早いが年越しをやろう」

江口課長がそう言って、陸戦隊用の水筒を出して見せた。

「たくさん無いが、取っときのジョニー・ウォーカーだ」

「ほウ、ジョニー・ウォーカーですか」

本もののスコッチは、当時たいへんな貴重品で、まことに結構だし、課長とゆっくり話をするいい機会でもある。かねて私は、現在の戦局について、折があったら課長に質問してみたいと思っていた。この種微妙な質問は、相手によって警戒を要するが、江口中佐なら多分大丈夫だ。平素にこりともせず威張り返っているけれど、この人は「必勝の信念」とか「米英撃滅」とか「一億一心」とか、当節はやりの勇ましげな言葉を全然口にしない。『半七捕物帳』を読みながら、毎日何を考えているのだろう。

さめた天ぷらを肴に、二、三杯のウィスキーでいい気分になって来たころ。私は遠まわしに切り出した。ことし一年間だけで、山本聯合艦隊司令長官戦死、アッツ島玉砕、マキン・タラワの守備隊全滅と、容易ならざる事態がつづいておりますが、日本は一体、この頽勢をどこでどうやって盛り返して最後の勝利を……。

無表情に聞いていた中佐が、愛用のパイプを置いた。

「海軍には、もう少しマシな人間もおるんだが」

　私の方を見ずに言った。

「嶋ハンがまるきり東條の副官だからナ、どうにもなるもんか」

はッとした。戦争の見通しが極めて暗い、もしかしたらというニュアンスを、直属の上司から示された最初の体験であった。私は少し深刻な表情を見せたのかも知れない。中佐が気を変えるように、

「アガワ少尉、君は正月休み、くにへ帰らんのか」

と訊ねた。

　私どもの正月休暇は、大晦日午後の仕事納めから一月二日朝の出勤まで約四十時間、それで家へ往復して来られるなら帰省願いが出せるけれど、広島が郷里の私には無理である。

その由答えると、

「ふウん」

　しばらく考えていて、

「どうだ、君、あしたから風邪ひくか」

「風邪？　はあ……、ありがとうございます。しかし」

　中佐は言った。

　駄目なものとあきらめて、名古屋へ帰省する同期生の、元日の当直を代ってやると約束していた。事情を説明し始めたら、一緒に飲んでいた藤平田少尉が、「バカ、貴様バカか」

と言わんばかりに私の膝を突っついた。同時に江口中佐が、

「当直なんか、風邪を引いて熱でも高けりゃしようがない」

　分らん奴だという口調になった。

　私は一礼して立ち上り、電話を取り上げた。父親が鉄道省に融通のきくクラスメイトを呼び出して、大晦日の特急券至急手配方、頼むのである。

「軍公用。広島まで。いやいや、そうじゃない。緊急の、そう。分るだろ。寝台券？　あれば尚いい」

　静かな夜の当直室、声はとなりの庶務課へまる聞えで、ぼかして言うのがむつかしかった。やっと呑みこませて、ジョニー・ウォーカーのところへ戻って来たら、

「何という下手な。君は情報士官としては落第だ」

　と文句を言われた。

　自分が先年、海外勤務を終って、シベリア鉄道、満洲朝鮮経由、日本へ帰って来る時――、と課長は話した。ウォツカを一升瓶へ詰めて二本さげているのに、安東の税関が眼をつけた。

「これ何ですかと、疑わしげに聞くから、これは水質検査の必要があって、本省へ持ち帰る松花江と黒龍江の水のサンプルだが、何ならあけて飲んでみるかと言ったら、いや結構ですと通してくれた。悪いことでも何でも、もう少し悠然と、知らん顔して、しれッとや

れるようにならなくちゃいかん」

翌三十一日の昼すぎ、

「課長。風邪を引いたらしく、熱が高いので、早退お願いします」

と、私は申し出た。返事は「おウ」、それだけであった。

午後三時発特急「富士」の二等寝台車におさまって、元日の早暁広島着、突然の帰省に驚く家の者とゆっくり正月を祝った上で、数日後帰京、

「課長。風邪なおりました」

初出勤の挨拶をしたら、やはり、

「おウ」

と言っただけであった。

それから二カ月後、江口穂積中佐は航空母艦瑞鳳《ずいほう》の副長に補せられて特務班を去り、さらに八カ月後の昭和十九年十月、比島沖海戦で戦死した。

最近聞いた話だが、野村吉三郎《のむらきちさぶろう》大将が現役時代、江口中佐は副官をつとめたことがあるそうだ。嶋田繁太郎海相を「東條の副官」と罵ったぐらいだから、チョコマカしない威張り返った副官だったらしい。どこかへ巡視旅行の時など、

「副官、これ」

野村提督の方が切符を買って、江口中佐に渡していたという。

私が電話で特急券の手配をするのを聞いて、「もう少し悠然とやれ」と、あきたらなく思ったのはむべなるかなだったのである。

少将の墓

みなさん、近ごろ「誰々君を励ます会」、「なにがし先生の受賞を祝う会」、「某々さんを偲ぶ会」、多すぎると思いませんか。八千円だか一万円だかの会費を払って、面白くもないスピーチをたくさん聞かされて、ビールを一と口飲んだだけで帰って来る。あんな催し、私のためのは、歿後をふくめて生涯固くお断りと決めているし、人さまの分も、都合つくかぎり、万障繰合せて欠席している。

いつか「倉本聡さんを励ます会」の通知が来た。倉本先生が又々テレビ何とか賞をもらったのを機会に、励ますのだそうである。往復ハガキの「返」の方へ、私は一と言書き添えた。

「さらさら書けばさらりと出来て
　今をさかりの倉本聡を

励ます必要さらさら無いし
出席する気はさらに無い」

御本人、後日家人に電話をかけて来て、

「ひッでえイヤガラセだなあ。イヤガラセしか考えつかないんだからなあ」

と怒っていたそうだが、だってそうでしょう。ほんとうに励ましていい人、偲んでいい人のことは、励ましもしないし偲びもしない。

高木《たかぎ》惣吉《そうきち》少将と言ったら、みなさんお分りか。分らないようなら、あんたたち恩知らずだよ。

「若い子と関係ないもン」

と思うなら、あんたたち馬鹿だよ。

なぜ馬鹿で恩知らずか、順を追うて話しますが、亡き高木惣吉少将を偲ぶ集りがあって、先日茅ケ崎へ行って来た。こういうのは例外である。日曜日だったので、海岸道路は屋根にサーフィン用のボードをのっけた若者たちの車で渋滞していた。のろのろ運転がつづき、その手持ち無沙汰に、私はぼんやり空想をした。

「この連中にアンケートを取ってみる。九十五パーセントが、高木ナントカ少将？　そんな人知らないと答えるだろうナ。陸軍？　海軍？　戦争したの？　だって聞いたこと無いもン、知らないわよ」

そうなんだ。まさにその通り、旧日本陸海軍の軍人のことなぞ、小学中学高校大学を通じて、ほとんど教えないのだから、知るわけが無い。あんたたちが恩知らずというより、あなた方の受けた教育、使った教科書が、どうかしているのである。

昭和二十年八月十五日——、この日を以て、無謀の対米戦争に、日本は何とか終止符が打てた。そのおかげで、こんにちこれだけ豊かな国になった。夏はサーフィン、冬スキー、食べ物一杯、楽しいこと一杯。だけど、誰が本土決戦を回避して、あの時あの線で終止符を打ったのか。

「勝てる見込みは無さそうだから、そろそろやめましょうや」

「そうですね、じゃあやめましょうか」

と、そんな簡単なものではなかったのですよ。

終戦の大事をなし遂げた功労者といえば、どうしても鈴木貫太郎大将、岡田啓介大将、米内光政《よないみつまさ》海軍大臣、井上成美次官、そして高木惣吉少将と、海軍の線が一本出て来る。首相の鈴木、影武者の岡田、立場はさまざまだが、一番厄介な、一番手のよごれる役を引き受け、ポン引きのような真似までして、身命これに賭したのが高木さんであった。

高木少将は、東條内閣が倒れて間もない昭和十九年の九月中旬、

「補軍令部出仕兼海軍大学校研究部員次官承命服務」

という、わけの分らない長ったらしい辞令をもらって、海軍の表桟敷から姿を消してしまう。次官の井上中将より、「戦争終結の方策を研究しろ」と、密命が与えられていた。もしバレたら殺される。陸軍をだますより先に、まず海軍部内の徹底抗戦派をだます必要があり、表向きは、あくまで「病気療養」であった。井上成美提督の表現をかりれば、そのあと、「病気」の高木少将は、「モーターのスイッチが入ったように、猛烈な勢いで自転」し始める。

本土決戦派の主張にしたがったら、どんな事態になるかの試算もした。日本の存立は、二千年乃至三千年ののちまで脅かされるだろうというのが、結論であった。

そこのとこですよ、私が言うのは。一億玉砕徹底抗戦で、米軍と本土で戦った場合、私どもの世代の何十パーセントが生き残れたか、見当がつかない。つまり、あなた方のお父さんお母さん、死んだ可能性の方が強い。死んでいれば、あんたたち生れていない。「若いモンと関係ない」どころか、関係大ありなのです。

それを阻止し、終戦の方向へ日本の舵を少しずつ少しずつ曲げて行った高木さんの命がけの努力については、詳細を略すけれど、あなたたちが（多分）大好きなフランスなら、公園のマロニエの木かげ、「救国の功臣高木海軍少将」の胸像か美しいレリーフぐらい、飾られていても、少しもおかしくはない。

渋滞する海岸道路から、やっと北へ左折することが出来て、旧高木邸へ着いた。奥さんも息子さんも亡くなり、「住む人絶えて無く」、この家も間もなく人手に渡る。それを機会の、故人を偲ぶ集りである。

五年前、高木さんの葬儀の時、皇室からの花、政界財界からのお供え、ほとんど何も無く、——私自身は大袈裟な葬式きらいだからいいけれど、

「こんなものかねえ、へええ」

と思った。

今回も、文壇の「偲ぶ会」などとちがい、ひっそりと、参会者二十名少々。鎌倉東慶《とうけい》寺の井上禅定《いのうえぜんじょう》老師の姿が、その中に見えた。高木さんの墓は東慶寺にある。

井上老師は、写真と位牌に向って立ったまま読経をしたあと、一同へこんな話を披露した。

「昨年、皇太子殿下が美智子妃殿下浩宮さんと三人で、東慶寺へ来られました。私が墓地の方も御案内したのですが、御承知の通りあすこには、殿下が学習院時代の院長安倍能成《あべのうせい》さんのお墓があります。山梨勝之進《やまなしかつのしん》さんとしたしかったブライス先生のお墓もあります。感慨深げにしておられましたが、私が、このうしろは高木少将のお墓ですと申し上げると、『あ、高木惣吉閣下』と、即座に答えられました。殿下は終戦の時、未だお小さくて、小学生だったはずですが、高木少将のことはちゃんと承知しておられるようでしたね」

なるほど。そう来なくてはいけない。さすが次の天皇、「自分の一身なぞどうなっても

いい」と、米内さんや高木さんと同じ心持で戦争終結の決意をされた今の陛下の、御長子だけのことはあると安心した。

海軍士官とフランス語

昔の文壇は、文士の言葉づかいについてたいへんきびしかった。例えば「いぎたなし」という古来からの日本語がある。「寝《い》」が「きたない」の意味だから、

「日にやけて垢じみた顔の男がいぎたなく午睡して居る」（永《なが》井《い》荷《か》風《ふう》）

と書くならいいけれど、

「日にやけて垢じみた顔の男がいぎたなくむさぼり食っている」

うっかりこの種の誤用をやると、

「何じゃあいつは。あれでも文士か」

ということになった。

度《たび》かさなると、原稿の註文なんか来なくなり、文壇から葬り去られる。いわゆる大衆畑の人たちをふくめて、みんなずいぶん神経質だったし、編集者の方も、国語に関する一家

言を持っていて、作家がへんなことを書いて来れば容赦なく注意した。

音楽の世界で言えば、

「彼女のヴァイオリン、時々音が狂うの。でもね、チャイコフスキーを演奏させたらすばらしいわよ」

そんなことはあり得ないと考えられていた。

今は、世の中変って、お互い寛大なものである。もの書きと自称する安普請どもが、どんな原稿を渡そうと、編集者は、

「先生、面白いお作品ありがとうございました。三百枚はすごいです。今月号の柱で行きましょう」

ほんとは三十枚で書ける素材じゃないかなどと、思いもしないし口にもしない。日本語の伝統なんか、誰が知るか。言葉は変るものなんだ。一々うるさいこと言うな。

プロがそれなら、アマチュアはまして気が楽で、かくて「一億総書きますわよ」の時代が来た。旧軍人も例外でなく、殊に海軍さんの「兵を語る」ためしが多く、

「サイレント・アーミー」

と皮肉も聞くけれど、これ、必ずしも悪いことだとは思わない。

昔流の文壇基準で拝見すれば、たいてい「素人のど自慢」（失礼）の域を出ないが、玄人に望むものと素人に期待するものとはちがう。その人しか知らぬあの時代の真実を、正

直に書き残して下さるのは、賛成、大いに結構。

ただ、そういう海軍史話、海軍戦記の類、長年にわたってあれこれ読んでいて、一つ気づいたことがある。それは、兵学校首席、海軍大学校恩賜《おんし》の俊秀たちが書いたものと、恩賜にほど遠い人たちの著作と、大ざっぱに言って、色合いが二つに分れるのではないかということである。

詳細克明、合理的な記述がしてあって、資料価値が高いのは概して前者の方、笑いも涙もドジもあり、いくさのあわれを感じさせるのは概して後者の方と言えようか。前者が学術論文に近いとすれば、後者は文学作品に近い。

最近、私と同い年で元海軍大尉の松永市郎《まつながいちろう》さんが、『先任将校』という本を光人社から出版した。戦争末期、巡洋艦名取《なとり》がフィリッピンの東方三百浬《かいり》のところで沈没する。太平洋上、三隻のカッターの中へ鮨づめで取り残された生存者たちが、二週間後、どうやってフィリッピンの陸岸まで無事たどり着いたか。お読みになれば分るけれど、二十五歳の松永通信長が、二十七歳の先任将校を助けて、生きのびるために、ありとあらゆる智恵を出しつくし、迫り来る死の運命と果敢に戦い抜くのである。まことに感動的な物語だが、私の今言いたいのは、その点ではない。感動的な、この苦難の体験記の中に、どういうものか、一抹のユーモアとペーソスが漂っている、それが言いたい。

松永市郎さんは、同じ大尉と言っても、私とちがい、兵学校出の本職だが、卒業成績となると、恩賜の次の次の、もうちょっと次あたりだったらしい。著書に漂うユーモアとペーソスは、そのせい（？）ではないだろうか。つまり、どんな深刻な状況下でも、人間のやることに必ずつきまとうあるおかしみ、それを感受出来るのも一つの資質だけれど、むしろ芸術家風の資質であって、軍の学校を首席で卒業したりするには邪魔になったのではないだろうか。

　この本の「解説」を、著者のクラスメイト豊田《とよだ》穣《じょう》氏が書いている。そこから一つエピソードを拝借すると、そのへんの事情が察してもらえるかも知れない。松永、豊田らの江田島六十八期は、戦中世代で、ちゃんとした遠洋航海に出ていない。それで松永さんは、数年前、思い立って海上自衛隊練習艦隊のフネに便乗を願い出、四十年ぶりの遠洋航海へ連れて行ってもらった。

　フランスのブレスト港へ入った時、もう一人の便乗者、防衛庁関係の若い新聞記者が奇妙な光景を目撃した。外国語なぞあんまり得意そうでない還暦の小父さんが、フランス女性としたしげに話をしている。あとで、

「松永さん、あなたフランス語が出来るんですか」

　訊ねてみると、

「ＮＨＫのフランス語講座を聞いてるんでネ」

との返事であった。

「あれの半分は分るからね」

「半分分れば大したもんだ」

新聞記者は感心したが、ナニ、松永市郎の告白によれば、NHKのフランス語講座、半分は日本語なのだそうだ。

こういうユーモアのセンス、実は文壇にも案外欠けているのだが、海軍を看板にかかげて文壇の悪口ばかり言うのは、もうやめにしようと思う。それより、フランス語のついでで、海軍士官とフランス語の女言葉という昔話を一つ紹介しておこう。

こちらは海軍大学校上位卒業の俊秀、フランス駐在を命ぜられ、勇んで赴任したが、東京で勉強したフランス語、あんまりよく通じない。語学上達の秘訣早道は、その国の女と同棲するにありと、先輩の忠言を思い出し、パリ駐在中の二年間、趣味と実益をかねて、それを実行した。おかげで大層流暢にしゃべれるようになったけれど——、フランス語でも、男言葉と女言葉は多少ちがうんだそうでしてね、惜しい哉、女言葉のフランス語が身にしみついてしまった。

やがて帰朝、大佐少将と昇進し、今や部内切ってのフランス通、何かあればフランス大使館の海軍武官がこの人を訪ねて来る。ところが御当人、

「あら、いやだ。帝国海軍としては、そんなお申し出、受け入れられないわ」

というようなフランス語で応対なさるので、甚だ具合が悪かったと。

狸の親ごころ

二・二六事件の雪の朝、叛乱軍が人ちがいをして、岡田啓介首相の義弟松尾陸軍大佐を撃ち殺したため、本ものは無事で、救出されるまで、官邸女中部屋の押入れの中にかくまわれていた。

腹立ち、不安、屈辱感、責任感、心は千々に乱れ、居ても立ってもいられない気持だったろうと、私どもは想像するけれど、御当人、夜になると押入れの奥で大いびきをかいて、二人の若い女中をはらはらさせたそうである。

豪傑というより、何だか年を経た狸の印象を受ける。事実、海軍出身の政治家としては相当な狸だったらしい。のちに吉田茂が、

「岡田さんは狸も狸、大狸だが、自分ら以上に国を思う狸だ」

と評した。

この狸大将に、男の子の末っ子がいた。前に紹介した通り、名前が貞寛、終戦時海軍主

計少佐。「マアウレシイ」の話を御記憶なら賛成してもらえるだろうと思うのだが、岡田貞寛さんの体験談、松永市郎さんと同じで、そこはかとないペーソスとユーモアを湛えていて面白い。ただしこういうものは、カミソリ士官の語り口ではない。念のため、確かめてみたら、案の定（?）で、入校の時も卒業の時も、成績はあんまりおよろしくなかった。

貞寛少年が、

「『カイグンケイリガクコウセイトニサ
イヨウノヨテイ』イインテウ」

という海軍省からの電報を受け取ったのは、二・二六事件より三年前の二月である。天にも昇る思いだったが、嬉しさが少しおさまって来ると、「さて、どのくらいの成績で合格したんだろう」と、それが気になり出した。

当時、町のミルクホールに官報が置いてあった。近所のミルクホールへ行って、牛乳一杯註文の上、官報を繰ってみると、——出ていた。出ていたけれど、かなりビリに近い方であった。ガッカリして帰って来たら、意外にもおやじが喜んだ。

「そうか、そいつはよかった。ビリだったら親の七光りと言われるところだが、これならいい。よかったよかった」

何のことかというと、海軍の慣例で、採用人員の枠外一割程度のところに海軍士官の息子、特に将官の息子がいると、引っ張り上げてどん尻合格にしてくれる。どうやらそれではない。ほんとによかったと、子より親が喜んだのである。

岡田生徒は在学中ほぼこの席順を守り通して、二・二六事件より一年後の三月、めでたく海軍経理学校を卒業した。いくら何でもしかし、事件をさかいに政界を去ったおやじに、この成績では気の毒と思ったのだろう。候補生になった貞寛さんは大いに発奮、遠洋航海中頑張り抜いた結果、少尉任官の際、大分順位を向上させた。父大将が、あとにも先にも生涯に一度の、封筒へ入った手紙をくれた。

「格段の成績にて任官大慶至極、
性病は最も恐ろしきものにて、
かの何某叔父の例もあり、
十分戒心可然」

と、四行だけしたためてあった。

「格段の成績」というほど上位におどり出たわけではないのだが、そこが狸の親ごころであった。

この時から六、七年後、岡田啓介予備役大将は、政界の裏側へ、もう一度もやもやと姿をあらわす。

「出て来いニミッツ、マッカーサー」

世は挙げて米英撃滅のまッ最中だったが、現役の高木惣吉少将と密接な連絡を取りながら、米内井上の二人を表舞台へ出せるように、出た二人が極秘の終戦工作をやり易いように、命がけの狸芝居を演じるためであった。

そのころ、末っ子の主計科士官は、胸を病んで、退院後の自宅療養をしていた。午後になると三十七度三、四分の微熱が出るが、父親には、もう平熱です、大したことありませんとぼかしてある。

「しかし、とにかくお前病気なんだろ。実はこの戦争、お前たちが考えているより早く終るかも知れんぞ。それまで命を大切にして、静かに養生してなさい」

親の気持としてそう言いそうなものだと、私どもは想像するけれど、岡田提督、そう言わなかった。

「日本は負けるよ。このまま行くと、北海道がロシアに、近畿中国から西がアメリカに占領されて、陸軍は陛下を擁したまま中部の山岳地帯へ立てこもり、実質上国が崩壊するだろう。お前は俺の息子だ。その時生きているわけにはいくまい。とすれば、御奉公の時間は、もうそんなに長く残されていない。大したこと無ければ、出て働け」

そうして、フィリッピンへ出征と決った日、父大将に一と言さとされた。

「死に急ぎはするな。だが、俺の息子だから捕虜にだけはなるなよ」

貞寛少佐は終戦後、収容所で、ＰＷ［prisoner of war　戦時捕虜］と書いた米軍給与の捕虜服を着せられ、おやじの言葉を思い出して大分悩んだが、二十一年春、生きのびて日本へ帰って来たら、

「よかったよかった」

と、市井の人になった父親が、たいへん喜んでくれたそうである。

私は目下、鬼のおくびを介して、岡田貞寛さんに、プライベイトな岡田家の二・二六事件を書いてみられてはどうですかと、すすめている。

「国賊岡田」をかくまった女中たちが、戦中戦後、どんな運命をたどったか、もしかして今も健在なのではないか、そういうことは昭和の正史に出て来ない。岡田家の身内の人しか知らないだろう。

「海軍の公文書とちがうんですからね。失礼ながら学校の成績必ずしもおよろしくなかった分、芸術家の資質がおありになるのではないかと思っています。これはお世辞ではありません。文士を例にとれば、いくらでも実名が挙げられます。きっと、一風変った面白いものが出来上ると思うんです」

貞寛少佐の筆の運び次第だが、来年の今ごろには、その作品、本屋の店頭に並ぶことになるかも知れない。

ロイヤル・サルート

岡田貞寛さんから手紙が来た。「岡田家の二・二六事件」もさることながら、いつぞや誌上で御紹介の龍角散艦隊、自分も是非一度拝見したい、次の機会にさそってくれないかと書いてあった。模型の類、たいへんお好きなのだそうである。

ゴホンの本社に問合せてみたら、あいにく「次の機会」が一つ過ぎてしまい、その次の機会は大分先になるという。それで方針変更、造船所の方を見学することにした。龍角散艦隊生みの親、宮内晴美さんの「工房はるみ」を訪ねて、建造中の艨艟《もうどう》を見せてもらう。近く実行の予定だが、その前に、観艦式と関係があるような無いような、別の話を書いておこうと思う。

生之介という名前の若い友だちがいる。ほんとうは郁之介だけど、常に一と言多く小生意気なので、生之介。

「おい、ナマノスケ。君、ロイヤル・サルート21というウィスキーがあるのを知ってるか」

「もちろん知ってます。僕らぐらいになると、バアで特殊な高級品しか飲まないですから」

「ああそうかい。それじゃあ聞くが、ロイヤル・サルートって何のことだ?」

「クイズですね」

生之介はニヤリとした。

「もし正確に答えたら、何かくれますか」

「ロイヤル・サルート一本やろう」

「よし。約束した。ではお答えします。ロイヤル・サルートとは皇礼砲のことです」

「ほほう」

戦後育ちが礼砲に関する知識を持っているのは珍しい。

「珍しがられても困ります。僕らぐらいになると、国際的教養が身にしみついてますから」

「そんなら、物欲しそうにすぐ手を出すな。ロイヤル・サルートの意味を知ってたのは感心だが、質問事項、未だ終っていない」

「何ですか」

「何ですかって、ロイヤル・サルートのあとにつく21は何だい」

「21？　あれはですね、つまりあれは、何でしょ、ロイヤル・サルートの二十一年ものということじゃないんですか」

「そうかな。そうかも知れないが、では何故、ロイヤル・サルート18やロイヤル・サルート24が無い？　どうして二十一年ものばかり揃ってる？」

「そうか。分った」

と、生之介は膝を叩いた。

「皇礼砲は二十一発なんだ。それで21。そうでしょ」

御名答、そうです。

帝国海軍健在なりしころ、天皇陛下や皇族を公式にお迎えする時、艦隊は必ず二十一発の皇礼砲を放って敬意を表した。のちにシンプソン夫人との恋で王位を捨てる若きプリンス・オブ・ウェールズが、大正十一年日本訪問の際も、むろん同じことをやっている。こちらの皇族が船に乗って向うの港へ入れば、英国艦隊なりフランス海軍なりが、やはり二十一発のロイヤル・サルートを行う。

ところが、第二次世界大戦の終結と同時に、全世界で日本だけ、軍備と共にこの種国際儀礼を一切捨てて省みなくなった。したがって、日本人の大部分が、そんなもののあったことすら忘れてしまった。しかし、海の向うの国々は、捨てる気も無いし忘れる気も無い。

礼砲の習慣は生きている。習慣が生きているから、言葉も生きている。

　例えばクルーズ客船の中でビンゴ大会の時など、司会者が出た数字を、

「40、人生これより始まる年齢、40」

という風に面白おかしく読み上げるが、そのうち21が出れば、たいてい、

「ロイヤル・サルートの21」

と唱える。世界中の人、誰でも分るけど、日本人には分らない。分ってもウィスキーの話かと思っている。

「どうです。それが分ったんだから偉いでしょう」

　と、生之介がまた手を出した。

「早まるなったら、クイズは未だつづいてる」

　皇族や国家元首に対する二十一発の礼砲は、相手が特命全権大使の場合十九発、海軍大将なら十七発、中将十五発、少将十三発と、だんだん数が少なくなって行くけど、

「考えてみると変じゃないか。威嚇するみたいにドカンドカン、たくさん大砲打つほど敬意を表したことになるとは、どういうわけだ？　何故それが失礼にならず、友好親善のあかしになる？」

「さアて」

　と、今度は生之介が考えこんだ。考え考え、色々あて推量を並べ立てた末、

「分りません。降参します」

と、ウィスキーをあきらめた。

降参するなら教えてやる。昔の大砲は先込めで、一発打ったらすぐには次の弾の装塡が出来なかった。二十一発もドカンドカンやれば、砲という砲、大概発射しつくしたかたちになり、もはや相手に敵対不可能、

「つまり、礼砲というものは、一種の武装解除の意志表明だったんだ」

「なるほど、それで、相手の位が高いほど回数が多いわけか。——ところで僕の方からも一つ伺いますが」

と、生之介が反撃に出て来た。

「日本の軍人で一番位の高かったのは、元帥でしょう。しかし、元帥は称号であって階級じゃないと聞いてますが、そうですか」

「ええと……。そうだな。大将がもう一つ進級して元帥になるんじゃない。特別勲功のあった大将に元帥の称号を——、賜わると言ったがナ、東郷さんでも、大将にして元帥を賜わったんだからナ」

「そうするとですよ、昔は天皇のことを大元帥陛下と言ったんでしょ。それも一つの称号ですよね。大元帥が称号だとすれば、軍服を着た時の天皇は、兵隊の位で何ですか？」

「………」

「ほかの大将と同じ大将ですか。それとも、もっと上の階級ですか」

さあ、分らなくなった。

「戦争中は、そういうことを余りほじくるとまずかったからナ」

「ごまかしちゃずるいです。ちゃんとキマリがあったはずでしょう」

「だから、ごまかしてやしない。その種のキマリに詳しいのは、何と言っても主計科の士官だ。近く岡田貞寛さんという元海軍主計少佐に会う予定だから、会ったら聞いといてやると言ってるんだ」

オモチャの造船所

岡田さんと一緒に訪ねて行った軍艦工場、——「工房はるみ」は、国電大井町駅に近いアパートの二階にあった。社運必ずしも隆盛ならず、

「好きで選んだ道なんだから、食べるだけのことは神様が何とかして下さるだろう」

と、宮内晴美さんが助手の奥さんと励まし合いながら、二人でコツコツやっている。十数年前、模型の魅力に取りつかれ、某自動車メーカーの金工の定職を捨てて、この一とすじ道へ入った。機械は一切使わない。市販の既製部品も使わない。一隻々々、朴《ほお》の木を削り下ろして、精密な六百分の一の手造りである。


畳の上に、波《ハ》号潜水艦や揚子江の下駄船（白塗りの小さな砲艦）まで、各種各様の海軍艦艇と、戦前の美しい商船隊が並んでいた。オモチャの造船所、模型の海軍工廠《こうしょう》だが、前にも書いた通り、プラモデルとはちがう。

「この、重巡足柄一艘、もし譲ってもらうとしたら、どの程度のお値段ですか」

「そうですねえ」

宮内工廠長が、多少言いにくそうに答えた。

「完成まで、大方一と月かかりますので、やっぱり八万円ぐらいは……」

さもあらんと思う。模型の先進国ドイツあたりだと、手造りのソリッド・モデルは、高価なものに相場が決っている。日本のデパートで、

「船の模型が買いたい」

と言えば、オモチャ売場を教えてくれるけれど、同じ敗戦国でも、西ドイツなら、貴金属売場へ案内されるそうだ。

製作用の図面に、宮内さんは本ものを使っている。つまり、横須賀海軍工廠、呉海軍工廠、三菱長崎造船所が、昔軍極秘扱いで保管していた軍艦設計の青写真を基礎に、オモチャの軍艦を造るのである。

工廠や造船所の機密保持は、ずいぶんやかましかった。特に、大和武蔵の建造が始まるころから、極度にやかましくなった。竣工直前の大和は、聯合艦隊司令長官ですら見せてもらえなかったという逸話が残っている。

山本五十六大将が呉へ来て、

「もうすぐ僕の乗る戦艦なんだから、一度大和を見学しておきたい」

と申し出たのを、呉鎮守府司令長官がいさめた。

「工事中の大和の艦内へ入るには、誰であろうと海軍大臣の特別許可が要ります。御希望なら、私から大臣へ取りついでみてもいいですが、もし断られた場合、聯合艦隊の長官として、こけんにかかわるでしょう。おやめになったらどうですか」

それで、さすがの五十六があきらめたのだそうである。ましていわんや、図面紛失の事故など起したら、関係者は切腹ものだったが、その高度の機密設計図が、今、大井町の町角の当アパート二階にたくさん保存されている。

戦時中、大学工学部造船学科の学生たちが、各地の海軍工廠で大勢アルバイトをしていた。敗戦と同時に、手もとの図面はすべて焼いてしまえと命ぜられたけれど、彼らのうち何人か何十人かは、こっそりそれを持ち帰った。

長い年月が経って、米軍からも旧海軍からも文句を言われる心配の無くなったころ、誰かが、

「実は俺、終戦の時……」

と告白したのがキッカケで、

「あ、俺も」

「いや、俺も」

あちこちで名のりが挙がり、その資料がのちに集大成されて、『日本海軍艦艇図面集』（昭和五十年、原書房）の題で出版される。一方、私立のこんな造船工場のあることが分っ

て、散佚《さんいつ》していた図面は、海の浮遊物のように、自然の流れに乗ってゆっくり、宮内さんのところへ漂い集って来た。

その事情も、ドイツとわが国とでちがう。西ドイツでは終戦後すぐ、政府が「ドイチュラント」や「プリンツ・オイゲン」や、艦艇設計図の回収を始め、これが後年、貴重な研究資料模型製作用の参考図として一般に公開された。私ども日本人は、敗戦ショックで、「戦争きらい、軍隊もうイヤ」と、自己反省ばかりしていて、国家予算を使って軍艦の図面を集めることなぞ、考えつきもしなかった。

「いやア、それにしても大したもんです」

と、岡田さんはすっかり御満悦の態《てい》で、海軍在職中自分の乗ったフネを全部カメラに収めて帰るんだと張り切っていらっしゃる。

私は私で、お召艦のデッキ、後部のこのへんに、岡田さんの父上と陛下と並んで立った古い写真があったっけと、漠然そんなことを考えているうち、

「あ、そうだ」

生之介との約束を思い出した。海軍士官としての天皇は、大将だったか、それより上の階級だったか、はっきりさせるという約束である。訊ねてみたら、さすが岡田主計少佐、きわめて明快な答が返って来た。

「軍服そのものに関しては、陛下も私たち一般の士官も、全くちがいはありません。第一

種軍装、第二種軍装、礼装、マント、みな同じです。ただ、階級章だけがちがう。

陛下のお召しになる軍服の、襟章、肩章には、ベタ金の上に桜が三箇と、桜より少し大きい金色の菊が一箇ついていました。だから、アメリカ流に考えると、スリー・チェリー・アドミラルより一階級上のフォア・チェリー・アドミラル――、少くとも遠目にはそう見えました。しかし、四つ目はチェリーじゃなくて菊ですからね。菊の花が階級をあらわすというキマリは、海軍にありません。そもそも、大将より上の階級が無いんです。『大元帥』は、生之介さんの言われる通り、称号であって、階級ではない。結局、陛下の階級章、あれは、大元帥の称号を持つ別格の海軍大将を示しているんで、階級が何かとなれば、やはり大将と解釈してよかったのではないでしょうか。

ところが、一つ奇妙なことがありまして、それは第一種軍装――、冬服の袖章です。あの蛇腹の黒い線は、大将なら太いのが二本、細いのが三本のはずです。陛下の冬軍服には、細線が四本ついてるんですよ。菊の花とちがって、袖章の線の数は、明らかに階級の上下をあらわします。そうすると、陛下は大将より一つ上の階級なのかナということになって来る。海軍服装令の上で実は不整合、理屈に合いませんでした」

ただし、天皇の軍服については、大正二年制定の皇室令第九号なるものにしたがうことになっていたそうだ。「明快な答」といっても、明快ならざることを明快にした御回答であった。

海軍糞尿譚

海軍へ入るよりずっと前、旧制高等学校の生徒時分、味もよく分らぬお酒を盃洗であおったりして、デカンショ節歌いながら広島の町すじを練り歩いた。

「論語孟子を読んではみたが
酒を飲むなと書いてない
ヨーイヨーイ、デッカンショ」

それから四十数年経って、ふと妙な事実に気がついた。

「論語孟子を読んではみたが
ウンコの話が書いてない」

人生の叡知を説いた書というなら、糞尿のことや厠《かわや》のことも、少しは考えてくれてよさそうなものなのに、頑ななくらい、触れるのを避けている。

不可解に思い、この問題を正面切って取り上げた古典は見つからぬものか、自分の乏しい記憶をたどったり、人をつかまえて訊ねたり、色々試してみたが、紅毛の聖典バイブルも多分駄目。物語では、ほのかに出て来そうな源氏物語に、出て来ないらしい。男女の交りが源氏のメインテーマみたいなものだが、別の排泄に関しては知らん顔と見える。

源氏のついでに平家物語はどうか。一の谷のいくさ敗れしあと、壇の浦に安徳幼帝を擁して平氏の一門沈み行きしあと、相当量の黄色いものが流れていたはずだと察するけれど、その状況についての描写は、やはり見あたらないようだ。

しかし、「人間是糞袋」と偈《げ》を唱えた禅坊主を待つまでもなく、これ、人生の一大事ですからね。海軍における糞尿の始末について少々書いておこうと思う。

結論から言えば、艦船の中はもとより、遠い出先部隊の兵舎に至るまで、水洗便所が普及していて、清潔な感じがした。

当時、日本の一般家庭で、水洗便所は、未だ少なかった。郷里のわが生家なぞも、妙に洒落たような扉をあけると小便所、もう一つ洒落たような引戸を引くと、変に広い大便所、片脳油《へんのうゆ》「樟脳白油《しょうのうはくゆ》」と書いた臭み止めの瓶か何か置いてあって、下が蛆虫《うじむし》のもぞもぞ動いている肥溜めであった。

これを、近郊の百姓のおやじが、月に一度ぐらい牛車を曳いて汲みに来る。汲ませてもらった礼に、大根や葱を置いて行く。こちらが汲取料を払うのではなかった。あれで育てた野菜は美味《うま》かったですがね、感じとしてはやっぱり汚い。汲み取り直後、この立派な（？）便所にしゃがんで立派なのを落すと、ツーンとおつりが来たりした。

配属将校に引率されて、陸軍の演習場へ野営演習に行く。一番いやなのは、板に穴をあけただけの、きたならしい屋外便所の御厄介にならねばならぬことであった。

それが、予備学生に合格して海軍へ入った途端、全部水洗の生活に変った。集合地佐世保海兵団の厠しかり、輸送船あるぜんちな丸の航海中しかり、東港の学生厠しかり。ブーゲンビル島あたりの最前線まで出れば、話が別だろうが、その後私のいた航空隊、学校、官衙《かんが》、通信隊、水上警備隊——、海軍生活四年の間、おつりの来そうなウンコは、ついにした記憶が無い。

これは、日本海軍が格別清潔好きで、衛生を重んじ、近代化が進んでいてハイカラというのと、少しちがうと思う。要するに海軍は諸事軍艦が基準で、その軍艦内部の生活様式は、万国ほぼ同じだったのである。今の国際線ジェット旅客機の機内を考えてみれば分る。

ＪＡＬとエール・フランスと大韓航空と、

「あら、お国柄を反映して、お手洗いの様子もずいぶん変るのネ」

などということはあり得ない。印度の田舎で如何に野糞がさかんだろうと、エア・インディアの機内は他社と同じ水洗である。自然にそうなる。日本海軍も、軍艦の国際標準にしたがって、西欧風の慣習を陸上部隊にまで及ぼしていたということにちがいない。

むろん、帆船時代の海軍は、どこの国も水洗の設備を持たなかった。乗組員の汚物は、ヘッド（へさき）の錨鎖孔《びょうさこう》から海へ捨てていた。だから英語の俗語で、便所のきたないのを「The head is bad.」と言うと聞いている。

しかし、日本が何とか世界の海軍国に仲間入りしたころ、そういう時代はもう終っていた。しかも、明治期の主だった軍艦は、英国で建造された。当然艦内が英国風になり、厠も西洋式の水洗になった。結構なようだが、一つ困ることがあって、水兵たちが便所に馴染んでくれない。

何しろ、明治の英国製戦艦から、大正中期、国産に切り変えて性能世界一を誇った陸奥長門まで、兵員厠は、仕切り無しの洋式便所がズラリと並べてあった。水洗ですら初めての東北九州の兵隊に、腰かけてやれと教えてもやれるわけがなく、

「俺、三日出ない」

「俺、四日たまってる」

　青い顔して船酔いより苦しそうなのが、大勢いたという。遅ればせながら弊害を認められ、昭和の近代化大改装の時、かなりの部分が、和式の水洗に変った。

それで出がよくなったけれど、やがて戦争の時代が来る。軍艦が、みなの出した黄なものを海へ撒き散らして歩くと、危険を伴う。特に、潜水艦の場合危険だ。

潜水艦では、水洗のレバーを引けば、汚物は強制的に一旦、メインタンクの中の耐圧タンクへ送りこまれる仕掛けになっていた。これの始末は水雷長の管轄で、水雷長が目下安全圏にいることを確認して、

「メインタンク、ブロー」

廃油、廃液、メインタンクの海水といっしょに艦外へ排出した。「これがほんとのイエロー・サブマリーン」と、冗談など言ってはいけない。野生動物と同じで、潜水艦がウンコをするのは命がけであった。危険水域に長く潜らされていると、困っただろう。

昭和二十一年三月、負けて上海から帰って来る時、私は初めて水洗便所の使えない航海をした。リバティ型というアメリカの戦時標準船だから、船内はアメリカ式なのだが、便所の数と鮨づめの復員兵との数が釣り合わない。左右両舷の舷外へ、木造の差しかけ小屋がいくつも張り出してあって、これにこもって用を足す。

四角く切った板穴からのぞけば、下は東支那海の青海原、これも一種壮大な水洗便所にちがいないけれど、砕ける波があとへあとへと流れて行く、その上目がけて海軍最後の固型物を落しながら、しみじみと敗戦の悲哀を味わった。

満艦飾

通称を「ドクトル」という古い同人雑誌仲間がいる。呼び名の通り医学が本業だが、昔学生時代、私ども文学部や法学部の友だちから病気相談を持ちかけられると、

「安静にしているように」

それしか言わなかった。

大脳生理学か何かが専攻で、臨床の方は興味も自信も無かったらしい。卒業後海軍へ入り、航空母艦乗組の軍医中尉になった。母艦の兵員たちがさぞ迷惑しただろうと思うけれど、専門がちがえばそんなものである。

話変って最近、某国語辞典の発行元につとめる友人に、私が相談を持ちかけられた。

「うちの辞書の説明に、重大なミスがあると投書が来てるんだけど、海軍用語なんで、ちょっと意見聞かせてくれない？」

投書者は何を問題にしているかといえば、

「まんかんしょく〔満艦飾〕祝祭日などに停泊中の軍艦が艦全体を万国旗などでかざり立てること。転じて女などが盛んに着かざることのたとえ」

この記述はちがう、おかしいとの御指摘だったと……。

「そうか、万国旗か。なるほど、おかしいかも知れないネ。小学校の運動会じゃないからねえ」

答えたものの、ドクトルと同じで専門ちがい、今一つ自信が無い。調べて一両日中に返事をすると約束した。

それにつけても、辞書の編者はたいへんだなアと思った。国語学者なら、どんな日本語でもきちんと説明出来るというものではあるまい。大体「など、など、など」となどが多出するのは、その事柄について知識不足自信不足で、明快ならざる解釈に自分で困っている証拠であろう。私なども、度々身に覚えがあり、読者や編集者、旧海軍関係者から注意されると、「あ」と思い、「ウーン」とうなりたくなる。執筆した方の越度《おちど》だけれど、必ずしも愉快ではない。

辞典編集部の御苦労察するにあまりありだが、この種の半ば歴史の領分へ入りかけている言葉こそ、今のうち、意味内容をハッキリさせておいた方がいいにはいい。——そういうことを考えているところへ、また電話が鳴った。

執筆者を不愉快にさせるのが、こよなく好きな鬼のおくびであった。

「前回の、潜水艦の糞尿処理に関してじゃがね、まちがいではないけれど、潜水艦に乗ったこともない人間が潜水艦のことなんか書くから、大事なところが抜けとるワ」

おくびの怪しげな潜水艦経歴に敬意を表して、吐言の概略を紹介すると、艦内で便所を使う場合、ぼやっとはしておれない。便所内の配管にバルブがいくつかあって、もしそれをひねる順序を誤ると、高圧で閉じこめられている耐圧タンクの中の汚物がたちまち逆流し、黄金色の噴水になって下から飛び出して来るという。

「臭気は芬々《ふんぷん》、掃除が大ごと。おれはかぶったことないけど、その汚物をかぶったことのない奴は一人前の潜水艦乗りじゃないって言われたナ。ついでにきたない話でよければ、港内停泊中の潜水艦が溜った糞尿を排出する光景も見たが、海面にムクムクムクムク黄なものが湧き上って、危険海域航行中これをやったら、すぐ敵に所在をかぎつけられるナと思うたよ」

ついでだから、

「潜水艦は満艦飾をおこなうか。そもそも満艦飾とは何ぞや」

と話題を拡げようかと考えたが、めんどくさい長話になりそうなのでヤメ、こちらは自分で調べることにする。

昭和十九年、博文館発行の『標準海語辞典』なるものを繰ったら、ちゃんと出ていた。

「まんかんしょく〔満艦飾〕紀元節、天長節、明治節又は皇礼砲を発射すべき日などに碇《てい》泊《はく》中の軍艦が各檣頭《しょうとう》に軍艦旗を掲げ、艦首より各檣に亘《わた》り艦尾まで信号旗を連ねて艦を飾り立てること。外国のために行ふ満艦飾には大檣頭にその国の旗章を掲揚する」

やはり万国旗ではなかった。軍艦が世界各国の国旗を全部持っていたかどうか、持っていたかも知れないが、しまってあるところを見た記憶は無い。

艦橋わきの旗甲板に常備して、いつでもサッと上げられるようになっていたのは、AからZまで二十六枚の文字旗、1から0まで十枚の細長い数字旗、そのほか特殊な旗が四枚——、信号旗の数は四十種類であった。これは、国際船舶信号旗といって、商船も同じものを持っている。

港へ船を見に来る少年たちに、一番馴染みの深いのがP旗。英語で「ブルー・ペーター」、青地に白く四角く抜いた旗が一枚、マストに翻《ひるがえ》っていれば、

「本船本日出帆スル」

のしるしである。

先の切れこんだまっ赤な旗はB。B旗一旒《りゅう》で、

「ワレ危険物取扱イ中」

諸作業完了し、「ブルー・ペーター」を下ろしていよいよ出港となると、水先案内人が乗りこんでブリッジに立つ。赤白半々のH旗が上り、これは、

「パイロット乗船中」

の合図。本船が港外へ出たあたりで、水先案内人は縄梯子づたいに、迎えのパイロット・ボートへ移乗する。と同時にH旗がスルスルと下ろされる。一枚ずつの旗でも、万国船舶信号法に基いてそれぞれ意味があり、何枚かの信号旗を組み合せれば、船は二万五千語以上の簡単な言葉がしゃべれた。

軍艦が怪しき外国船に停船命令を出す時も、この信号が使われる。ただし、軍艦同士の旗旒信号は、海軍独自の特別信号書にしたがった。信号規約が機密になっていることもあり、その場かぎりの取り決めであることもあった。例えば、日本海海戦で有名なZ旗だが、

Z一旒は常に、

「皇国ノ興廃此ノ一戦ニ在リ」

の意味を持っていたわけではない。

ともかく、信号旗を掲げて意思表示しながら整々たる艦隊行動がやれたころ、祭日に、へさきからともまで信号旗をつらねて満艦飾のやれたころが、日本海軍の華の時代であった。戦争末期には、あちこちの部隊で信号旗なぞ要らなくなってしまった。

ブーゲンビル島のブインでは、衣料不足に困った兵隊たちが、丈夫な信号旗を裂いて褌《ふんどし》を作り、それをしめて農耕作業をしていたそうである。赤だの黄だのダンダラ縞だの、褌の色と模様を見れば、遠眼にもすぐ誰か分って便利だったというのだが、それが世界第三位の海軍のなれの果ての姿だったかと、あわれを催す。

遺骨還送

ハワイの真珠湾軍港を訪れると、戦艦「アリゾナ」の残骸が今も浅い海底に着座したまま残っている。波間にキラキラ、虹のような模様が小さく光るのは、積んでいた重油がわずかずつ滲み出して来るのだそうだ。

「アリゾナ」艦内には、燃料も閉じこめられているが、あの日艦と運命を共にした何百人かの将兵のむくろも、そのまま四十三年間閉じこめられたままになっている。

おそらくもう、完全な白骨であろう。骸骨が白い士官服や水兵服の破片をまとって、それぞれの持ち場で永の眠りを眠っているだろう。水深百メーターも二百メーターもある荒海とちがうから、やる気になれば引き揚げ可能のはずだ。私ども日本人の感覚では、何とか郷里の山河へ還してやったらと思うけれど、

「『アリゾナ』乗組員の遺骨を家族の手もとへ」

というような運動は、かつて一度も起ったことが無いらしい。「アリゾナ」の場合だけ

でなく、ビルマの古戦場へ、ソロモンの島々へ、英米の遺骨収集団が派遣されたとのニュースは、耳にした覚えが無い。

朝鮮戦争ヴェトナム戦争の戦死者を米軍がどう処理したか、西欧の航空会社が事故の犠牲者をどんな風に扱うか、伝え聞けば、遺体の収容還送については彼らも強い執着を示すとのことで、関心のあるところと無いところと、区別の基準が、今一つ私どもに分りかねる。分りかねるけれど、ともかく、骨になってしまったものを「在《い》ますが如く」いとしんだりする気は無いようだ。

十四、五年前、アッツ島探訪の旅をし、夏なお寒いツンドラの原をさまよい歩いていて、偶然日本兵の白骨を見つけた。私ら日本人三人の手で、骨を洗ってそのへんの草の上へ一応安置した。案内のアッツ島駐留コースト・ガード隊員二人が、敬虔な態度で、私たちといっしょにツンドラに咲く野花を摘んで供えてくれた。

ただし、我々が遺骨の前へ手持ちのリンゴだの煙草だのを並べはじめると、たいへん不思議そうに、

「何故そういうことをするのか」

と、小声で質問した。

実を言うと私自身は、無信仰ゆえの無関心派で、遺骨や墓所にあまりこだわる気が無く、答える資格に乏しかったのだけれど、かいつまんで日本の風習を説明しておいた。たとえ

ば、戦跡巡拝慰霊団の遺族たちが、掘り出した骨にサケをそそいで、
「さぞ飲みたかったろうねえ」
と涙を流す、テレビでその光景を見る者も涙ぐむ、これはよくある例なのですと話した。理解してもらえたかどうか、保証のかぎりでないが、一般論として言えば、遺骨に対する私ども日本人の思い入れは異様に深い。納骨の儀式抜きでは、死者の魂が静まらないように考えている。

ところがですよ、つらつら案ずると、日本人の墓で、お骨のかけらも納めてないものが何万何十万とあることに気づかされる。まず、特攻隊員の墓に遺骨は入っていないだろう。ミッドウェーやラバウル方面、マリアナ沖の海空戦に散った搭乗員たちも同様である。大和、武蔵、信濃をはじめ、沈没艦船の乗組員もやはり、遺骨となっては帰って来なかった。

そのほか、戦闘航海中の艦内で戦死または病死して、水葬に付された者がたくさんいる。立ち会った人の話では、葬礼としてこんなわびしい、しみじみとした儀式はほかに無いという。錨鎖《びょうさ》を重しにつけられ、軍艦旗でおおわれた棺が、悲しみのラッパ譜、弔銃《ちょうじゅう》三斉射、
「柩ヲ淵ニ送レ」

の号令とともに、辷《すべ》り板を斜めに辷って、海中へ投入される。白く泡立つ航跡の上を遠ざかりながら、柩はやがて海底深く姿を消してしまう。航海日誌に水葬をおこなった日時、

遺体投入地点の正確な緯度経度が記入されて、そこが永遠の墓場になるのだけれど、のちのち妻子や親きょうだいが、弔いに訪れることは、まず考えられない。

非常に厳粛な淋しい感じのものですとのことだが、水葬礼の風習そのものは、むろん西洋の船乗りの間に、古くからあった。元兵学校の英語教官平賀《ひらが》春二《しゅんじ》教授、通称源内先生の、海の風物誌講述記録によると、英語で「burial at sea」或は「burial service at sea」と言い、これに付随するしきたりの数々は、船乗りの迷信と密接にからみ合っているそうだ。

大体、水葬にすること自体、死骸を長持ちさせにくい、すぐ腐敗が始まるという事情より、「屍体に悪魔が乗りうつり、暴風を呼んで船を沈没させる」と信じられたためであった。遺体を上甲板へ運び出す時、海中へ投じる時、いずれも足の方を先にする。これは、死人の霊魂が船へ戻って来ないようにとの配慮。海軍式弔銃三斉射も、屍体から抜け出したばかりの悪魔を早く追い払うのが本来の目的——。

この水葬礼が戦争中急増したのをふくめて、何十万柱かの遺骨は日本へ帰って来ていない。それでは遺族の手前、恰好がつかないから、白木の箱を白布で包んで遺骨と称し、合同慰霊祭の壇上にずらり並べる智恵を、誰かが案出した。あの箱の中に、一体何がものものしく入れてあったのか、あわれにも妖しく気にかかる。

駅のプラットフォームで、白い布に包まれた「遺骨」が、人々の最敬礼に送られて汽車へ乗りこむ風景を、しばしば見かけた。たとい一水兵の英霊であろうと、この時ばかりは二等車の窓べの席へ坐らせてもらい、駅長助役、通りすがりの陸海軍将校たちも、対するに挙措極めて慇懃鄭重《いんぎんていちょう》、車内検問など一切フリーパス、故郷の菩提寺《ぼだいじ》の墓へおさまるまで、生涯にたった一度の大名旅行になる。

からっぽの木箱でも、これだけ仰々しく扱う偽善の智恵を考え出した者が一方にいれば、当然別の智恵を働かす人間が他方にあらわれる。遺骨還送の風景は、敗戦後もしばらくつづくのだが、ある日、国鉄の某駅で張りこんでいた経済警察が、

「あれ、おかしいナ」

と気づいた。

遺骨を白布で首から下げた婆さんが、超満員のボロ汽車に乗るところだ。乗客みんな同情して、場所をあけてやっているけれど、あの婆さん、先週も先々週も、遺骨を捧持して同じ列車に乗りこみはしなかったか?

「もしもし」

息子さんが幾人も戦死なさったんでしょうかと、呼びとめて調べてみたら、人間の骨の代りに牛の闇肉がどっさり入っていたそうである。

女たちの大東亜戦争

渡辺《わたなべ》千枝子《ちえこ》さんという未知の俳人から句集を贈られて、ぱらぱら繰っていたら、

亡き人は海歩み来よさくらどき

長かりし旅のはじめの敗戦日

この二句がふと眼に映じ、涙が出そうになった。

簡単な礼状を差出したのに対し、折返し長い手紙がとどいて、もうお察しであろうが、生きていれば多分生涯を共にしたと思う人を戦争のあと亡くしました。海軍の薬剤中尉でございましたと、達筆のきれいなペン字でしたためてあった。再び涙がこぼれそうになった。

句集の題は、「さくらどき」、版元の牧羊社は「現代俳句女流シリーズ」をたくさん出しているけれど、平素あまり関心が無かった。「俳句第二芸術論」に三分の一くらい賛成の方である。

しかし、わずか十七字の「第二芸術」が、これだけ人々の涙を（私一人ではあるまいと思う）さそうとすれば、千言万言ついやしてなかなか人に感動を伝え得ぬ小説家として、いささか考えこまざるを得ない。

「さくらどき」の作者は、戦後ずっと独身で通されたようだ。ただもう少し前かあとに生れていたら随分違

「とくに不幸だったとも思っておりません。った人生を歩んでいただろうとは思います」

とも、手紙にあった。

戦中世代のこういう日本女性は、今もこの国の諸処方々に大勢ひっそりと暮しているはずだが、「千言万言」の文学や演劇で、彼女たちの「長かりし旅」の悲しみを描き出した作品が何かあったか、記憶をたどってみても、どうも思いあたらない。

ところで先日、モーツァルトのオペラ「コシ・ファン・トゥッテ」を観に行った。ある意味でこれこそ、いくさに馳せ参ずる若い士官たちと、あとに残る恋人たちの物語であるけれど、時代が古すぎる。十八世紀のヨーロッパの歌劇、しかもそれを舞台にかけるスタッフ、キャスト、全員が日本人、演出鈴木《すずき》敬介《けいすけ》、オーケストラの指揮飯守《いいもり》泰次郎《たいじろう》、上演時

間三時間――。

退屈するだろうと思っていた。居眠りが出るようでは、周りの人にも関係者にも失礼だから、その場合、中座して帰って来るつもりであった。と言うのが、日本語訳のオペラ歌詞と歌手の発声に偏見がある。あれは夏の屁である。

「おお、夏の屁よ。殺しが夜鷹になる」

舞台の絶唱を、何だろうとよく考えてみたら、

「おお、夏の日よ。暮しが豊かになる」

だったと、最近の某月刊誌に服部公一さんが「夏の屁」と題する随筆を書いている。大賛成。「夏の屁」を三時間も聞かされるのはかなわない。

それでは本場のオペラならいいかというと、昔ヨーロッパで、半ば教養体得の義務感から、何度かオペラを観たことがあるけれど、何を言っているのか全然分らなかった。分らないため、居眠りのし通しとなり、内、教養の体得に失敗し、外、日本人の体面をけがした。オペラは、狐狸庵先生の「樹座オペラ」程度がちょうどいい。

要するに「猫に小判のおそれ濃厚」、そう思っていたのだが、鈴木敬介演出の「コシ・ファン・トゥッテ」、たいへん面白かった。六十何歳にして初めて、オペラを面白いと感じ、一度も居眠りをしなかった。極めてユーモラスな歌の芝居で、「夏の屁」風の発声も気にならなかった。

　そのあらすじを紹介するのは、「猫」の手に余るけれど、舞台は十八世紀末のナポリ、男の方の主役が二人の青年士官。彼らは、愛する娘たちの操《みさお》の堅いことを、心から信じている。そこへ、ドン・アルフォンゾなる老哲学者があらわれて、

「女の操なんて、そんなに堅いもんじゃないんだぜ」

と笑う。堅いか堅くないか議論の末、賭けが行われ、賭けの約束にしたがって、青年士官二人は、戦争勃発、突然召されて出征という設定になる。あとへ残されたと思いこんだ彼らの恋人たち、美しい姉と妹は、嘆き悲しんでいるけれど、ドンの策略で、そのうちアラビア人貴族との交際が始まる。初めいやいや、やがていやいやではなくなり、

「コシ・ファン・トゥッテ」

　女はみんなこんなものと、ドン・アルフォンゾが高らかに歌う通り、実質あんまり操堅固でもないのが証明されて、賭けは老哲学者の勝ちに終る。

　幕間《まくあい》に遠山一行《とおやまかずゆき》さんと会って聞いたところ、

「昔から毀誉褒貶《きよほうへん》いろいろある歌劇でしてね、ベートーベンは批判的でしたし、倫理観念の強かった十九世紀を通じて、大体評判があまりよくなかったんです」

とのことであった。

　何しろ、ドンの指図で清純な娘たちを無理矢理心変りさせてしまうアラビア貴族二人が、実は恋人である青年士官たちの化けた姿だというのだから、真面目ベートーベンはカンに

さわったのだろう。

戦争中の日本で上演された記録があるかどうか知らないが、もし上演されたとしたら、やはり批判が出たにちがいない。当時、銃後を守る大和撫子《やまとなでしこ》に関しては、全員が貞女のかがみ、

「ま白き富士の気高さを
　心の強い楯として」

ということになっていた。

むろん、そんなものが如何にもろい嘘か、ドン・アルフォンゾとアラビア貴族を待たずとも、戦争終結後進駐米軍がたちどころに見せつけてくれた。

以来、かれこれ四十年、「女はすべてこんなもの」、いや、こうあるべきもの、忍従を捨てよ、女性のセックスを解放せよと大賑かだし、

「コシ・ファン・トゥッテ」

と聞けば、そうねえ、私自身苦い気持で思いあたる節がありますけれど、これを以て人世万事達観出来たと考えるなら、「ま白き富士の気高さ」の裏返しになりはすまいか。

少くとも「亡き人は海歩み来よさくらどき」の嘆きには、モーツァルトの軽快な旋律で洗い流してしまえないものが、重く残りそうな気がする。俳人渡辺千枝子さん個人の「長かりし旅」について語っているわけではない。そのことは何も知らないのだが、誰か「女

たちの大東亜戦争」を書く人があらわれないだろうかと思うのである。

ラッタルはかけあし

わが家に近い駅前の百貨店、店内へ入って二階へ上ろうとすると、天井から女の声が聞えて来る。

「いらっしゃいませ、いらっしゃいませ。お客さまにお願い申し上げます。エスカレーターにお乗りの際、またお降りの際は、どうか足もとに充分御注意下さい」

「いらっしゃいませ、いらっしゃいませ。エスカレーターにお乗りの際は、危険ですから、手すりにつかまって、黄色い線の内側に正しくお乗り下さい。また、小さいお子様をお連れのお客様は……」

十五秒おきにこれを繰返している。

買物をすませ、駅の構内へ入ってフォームへ下りると、今度はスピーカーから男の声が聞えて来る。

「一番線に電車が入ります。危険ですから白線の内側へ下ってお待ち下さい」

こちらは大体、二、三分おき。毎度のことながら、何だかいやアな気がする。われら一億、いつから総員赤ちゃん扱いになったのか。

「出せ一億の底力」――、戦争中にスローガンがありましたけど、負けたあと、ほんとうの底力だか馬鹿力だかを発揮して、ついに経済力世界二位にのし上って、その巨人が赤ちゃん扱いされて何故怒らないのかと思う。

馬でもエスカレーターでも、動く物に乗る時は、多少危険を伴うに決ってますよ。早い話が、海軍で、

「駆逐艦にお乗りの際は、危険ですから」

「零式戦闘機にお乗りの際は危険ですから」

誰がそんなことを言うか。少くとも我々、そんなチャラチャラしたしつけは受けなかった。赤ん坊でない以上、常識で分る危険には常識で対処せよ。あたり前じゃないか。

電車は地下鉄直通、やがて地下へ入ると同時に冷房が切れる。車掌のアナウンスが聞えて来る。

「これより先、地下鉄区間となりますので、冷房を止めさせて頂きます。車内が蒸し暑くなって参りましたら、お手近の窓あけに御協力下さい」

分ってる。言われなくたってやる。ところがですよ、「やる」のは私と、あと一人二人、やはり中年初老の小父さん客だけで、若い男どもは大股ひらいて眼をつぶっているだけ、

若い女どもはペチャクチャしゃべくっているだけ。誰かがやってくれる——、その精神らしい。

大きな乗り換え駅に着く。長い長いエスカレーターがある。みんながどッと押しよせて、エスカレーターのところで人の流れが滞る。エスカレーターでなくとも、階段にかかれば渋滞が生じるのは自然の道理だから、海軍のお作法の一つに、

「ラッタルはかけ足」

というのがあった。

しかし、此処は地下鉄の駅であって戦艦のデッキに非ず、老若男女全員にかけあしをさせたいなどと、そんな非常識なことを私が思うわけはむろん無い。無いけれども、二人分の幅がある長いエスカレーターの途中に、どうしてあんな団子のかたまりを作るのだろう。世界最古の地下鉄はロンドンだが、そのロンドンを初め各国大都市の地下鉄の深いエスカレーター、必ず片側を人が歩いて登っている。立っていたい人は右へ寄って立つものと、言わず語らずのルールが出来ているらしく、団子になって滞る風景はまず見られない。

「何も、エスカレーターに乗ってまで、その上をかけ上ることはないじゃないか」

と言われれば、正にそうですがね。人には色々事情がある。急ぎたい人とゆっくりしていたい人と、お互いお互いの事情を認め合うから、ああして整然と二列に分れて乗っているのではないかしら。

そもそも、われら一億、人さまに「もう少しゆっくりせよ」と説教出来るほどゆっくりしていない。何新聞の誰記者だったか忘れたが、いつかパリ特派員の某々氏が、取材の途中カッフェへ入ってギャルソンにたしなめられる話を書いていた。日本流にイライラして来て、ギャルソンを呼びとめ、急いでいるのに、頼んだお茶をなかなか持って来ない。

「早くしてくれないか、私は忙しいんだ」

と言ったら、白服のボーイが肩をすくめた。

「忙しいなら、どうしてお茶なんか飲みに入ったのか」

エレベーターの「閉」または「Close」のボタンの文字がすり切れているのは、世界中日本だけだと言うし、——そのわれら日本人が、長いエスカレーターの上で、うしろをふさいで、群衆を団子にして、平気で左右並んでしゃべり合っている。ただし、上へ着いたら急にセカセカと歩き出す。どういうつもりか。とまあ、家を出てから目的の場所へ着くまで、あらゆることを不愉快がっているのは、老化現象だそうですがね。老化現象にしても、私どもにやらすと要領がよくて早いよ。

例えば、禿と白髪になった海軍のクラスメイトが集ってすき焼パーティを開く。座蒲団がパッパッパと配られる。

「ホイ来た」

と、灰皿が廻って卵が廻って、ガスに火がついて、誰かがやってくれるだろうなどと、誰も考えていない。

昔、池島信平さんに聞いた話。

文藝春秋が社屋の引越しをした。椅子机、本棚、ロッカー、大量の書類、その積みこみ積み下ろし、どの部屋へ入れてどう配置しろと、中心になって飛び廻っているのが十人ばかりいる。どんどんテキパキ早いの何の、その代り弁当も自分らの分二人前ずつさっさと確保してしまって、考えてみたら全部兵隊帰りの社員だったと。

一九五〇年代、カリフォルニアの夜の国道で、何度も大事故の現場を目撃した。怪我人に毛布をかぶせて、すぐ警察に通報して、懐中電灯を振りながら交通整理、自ら買って出るのが、必ずあらわれる。

「あの連中、たいてい第二次世界大戦の復員兵ですよ」

と教えられた。

どうやら、アメリカも同じらしかった。

つまり、せっかちであろうと無かろうと、ここぞという時は、自分の責任において自分で事に対処するより仕方がない。人を頼りにしていたら、小は弁当にありつけず、大は命にかかわって来る。よくも悪しくも、それが軍隊で身につけたわれらの習性であった。狭い艦内暮しが建前で、ぼけッとしたのが一人いると艦が沈むかも知れない海軍においては、その傾向、特にいちじるしかったと思う。

考課表

海軍の軍人には、必ず考課表というものがついて廻った。

「真面目によくやるが、やや融通のきかないところがあり、張り切りすぎて部下に煙たがられる。身体は強健、如何なる激務にも耐う」

例えばこんな風な、一人々々に関する勤務評定録である。艦船乗組員の場合、艦長がこれを書いて、年一回人事局へ提出する。

私ども予備学生出身の士官にも、当然あったはずだが、あまり意識した記憶が無い。海軍で出世する気持の持ち合せが全く無かったせいかも知れない。したがって、考課表についてのキマリなぞ、完全に忘れていた。

又々引き合いに出して恐縮であるけれど、最近それを、元主計少佐岡田貞寛さんに詳しく教えてもらった。

帝国海軍のオールド・グッド・デイズには、この配置へこんな初級士官が一人欲しいと要望すれば、人事局はまるで手品のように、ぴったりの人材を送りこんで来たと、かねて聞いていた、その秘密の一端が分ったような気がした。

まず、考課表に「性行」「技能」「勤務」「身体」及び「本人申告欄」と、五つの欄があり、四番目は軍医長、五番目は読んで字の如く本人が記載するのだが、前の三つは、艦長なり航空隊司令なりが、他見を避けて公平慎重に書き入れることになっていた。

書き入れるに際しては、

「適切簡明ヲ旨トシ、誤解ヲ招キ易キ若《もし》ハ婉曲ニシテ真意ノ捕捉困難ナル文辞又ハ文章ノ修飾ハ之ヲ避ケ、直截ニ真相ノ発顕ヲ期スベキモノトス。従テ其ノ記註ハ文語体口語体何レニヨルモ差支ナク、又慣用セラルル俗語ヲ使用スルヲ妨ゲズ」——。

この文章自体は、官僚作文の典型みたいなものだけれど、言わんとするところ、要するに、

「官僚風な廻りくどい曖昧な表現をするな。俗語を使っていいから、具体的に、よく分るように書け」ということであった。

岡田説によれば、

「頭はいいがドスケベなり」

とか、

「いわゆる泣き上戸。大酒を飲んで士官室で泣いて上官にからむ癖あり」

とか書かれた奴がいただろうという。

右、「性行」「技能」「勤務」の三項目は、具体的説明を与えられた上で、九つのランクに分けられる。甲が十人並み以上、乙は十人並み、丙は十人並み以下、さらにそれが上中下に分れる。

今、ここに遠藤周作中尉なる、頭脳明晰、性行にも奇癖の無い立派な青年士官がいたとする。横須賀鎮守府在勤中の考課表は、各項目とも「甲の上」「甲の上」「甲下」と、極めてよかったのに、巡洋艦鳥海の通信士に転勤したら、ガタンと悪くなった。「乙」が一つ、あとは「丙」ばかり。こういう時、人事局は、

「あいつ、近ごろダメだナ」

と、すぐに評価を変え、序列を下げることをしなかった。軍医長にも言えない躁鬱病でひそかに悩んでいるのかも知れないし、佐世保のエスに惚れて一時的に頭がトチ狂っただけかも知れない。しばらく様子を見る。

一年後、やはり「乙の下」「丙」「丙」。それでも未だ、遠藤中尉の序列は変らない。逆に、鳥海艦長鬼のおくび大佐が、部下の考課表をどんな風に書いているか、過去三年ぐらいにわたって、その追跡調査が始められる。問題があるのは、遠藤周作中尉、おくび大佐の、どちらか一人に決っているからだ。

やがてあしかけ三年、おくび鳥海艦長も転勤したし、遠藤通信士も再び転勤した。乗艦

を長門に変った周作中尉の考課表は、元の「甲」「甲」「甲」に戻った。おくび大佐は人の好き嫌いがはげしく、考課表の記載、公正妥当を欠く傾向があったと分れば、勤務評定の見直しをされるのは、少将一歩前のおくびさんの方だったと。

　ところで、「本人申告欄」、この話になると、いささか記憶がよみがえって来る。そう言えば確か、書かされましたねえ。中でも「職務上ノ希望」についての自己申告は、生命にかかわったからね。

岡田さんは、経理学校生徒の時、

「中少尉ぐらいで、希望をあれこれ言うのは以ての外。『特ニナシ、命ノママ』と書くもんだ」

　と教官に教えられ、遠洋航海の時、

「命ノママと書くものだと思っている奴がいるが、もし希望があるなら、率直に書くべきだ。お上《かみ》がわざわざ希望を聞いてくれているのに、特ニナシなんて書くのは下らんミエだ」

　と指導官付に言われ、どちらも大いに尤もだと思ったそうである。

　しかし、海軍本来のものの考え方としては、後者の方ではなかったろうか。みんながみんな、「特ニナシ、命ノママ」や「戦地第一線勤務熱望」では、第一、人事局が手品のように適材を適所へ送り出せなくなる。

「偉大なる舵取り毛主席」

「偉大なる首領金日成同志」

と、国民全員声張り上げるのと同じで、嘘つきの始まり、亡びの支度、事実、そういう風潮が一世を風靡《ふうび》し出してから間もなく、日本海軍は滅亡した。

もっとも、戦争中も多少余裕のある間は、考課表の本人申告欄に、一応ちゃんとした配慮が払われたらしい。ラバウル暮しが長くなり、

「次回、東京方面陸上勤務ヲ熱望ス」

と、「職務上ノ希望」を自己申告しておいたら、人事局に意地の悪いシャレ者でもいたのか、小笠原の父島へ転勤させられたという二年現役主計科士官の話を聞いている。

昭和十九年の春ごろ、私は「支那方面艦隊転出ヲ希望」と書いて出した。もしかしたら課長に口頭で申し入れたのだったかも知れない。この希望も叶えられた。

ただ、「率直に書」いたのはいいとしても、いささか動機不純、「次元」が低かった。そのせいでバチがあたった。

私は毎日軍令部へ通勤して、重慶政権の暗号電報解読の仕事をしていたが、食う物は日ましに不自由になる。酒もろくに飲めない。それに引きかえ、仕事の関係上飛行便で取り寄せている上海の華字新聞を見ると、上海というのは、何と豊かな賑かな町だろう。四川料理、北京料理、広東料理の大宴会場、フランス料理の店、洋菓子やハムや美味しそうな

物の広告一杯——。こんなところへ赴任出来たらなあと思って、ほんとに赴任させてもらったのだが、すぐ、お値段の方が中尉の円建て俸給と一とけたちがうと分った上、

「君、御苦労だが漢口へ行ってくれ」

と言われ、上海暮しの夢はたちまち破れてしまった。

日付変更線

　軍艦のデッキで、古参下士官が若い水兵たちに講釈をしている。

「ええか、本艦は間もなく赤道を通過する。お前ら、赤道通過は初めてじゃろが。眼ン玉かッぴろげてよう見とれよ。海の上に、東西へ延びるまっすぐな赤い線があらわれて来たら、そこが赤道じゃけんな」

　むろんそんな物が見えて来るわけはないし、赤道を越したからといって、すぐ何か変ったことが起るわけでもない。あたりはただ茫々たる熱帯の海である。

　しかし、そのまま南下をつづけて、南緯二十五度三十度地点あたりに達すると、季節がはっきり北半球の逆になるのは、誰しも知っている通り。私も頭では分っていたが、戦後、初めてオーストラリアへ旅した時、やはりちょっと変な気分であった。

　晩秋の日本をジェット機で発って、翌朝シドニーは爽かな初夏、マンリーの浜べが大勢の海水浴客で賑わっていた。あと一と月もするとクリスマスだが、クリスマスとかお正月とか言われると、どうしても雪のイメージがつきまとうから、南半球の人たちは真夏の降誕祭をどんな気分で祝うのだろうと思った。

大体、「南下する」とは、あったかい土地、暑い土地へ向うことと平素理解している者が、これ以上南下するとやがて氷の海、凍土の島になりますと聞かされても、感覚の上でもう一つピンと来ない。

旧海軍の練習艦隊は、おおよそ三年に一度の割合で南半球の濠州ニュージーランドを訪れた。アメリカ遠航、ヨーロッパ遠航と較べてドサ廻りの感を免れず、その年にあたった候補生は損をするように見えるけれど、もしかしたら、

「赤道の向うには、日本と夏冬逆の広大な国があって、われわれと四季感覚を異にする人たちが暮しているんだよ。自分の住むところだけを基準にものを考えてはいけないよ」

それを肌身で感じて来なさいという教育目的があったのかも知れない。

赤道が北半球と南半球を分つ横の線なら、東半球と西半球を分ける縦の線は、０度と１８０度と、二本の子午線である。東経１８０度はすなわち西経１８０度、この子午線をなぞるかたちで、国際日付変更線が南北に走っている。——と、そうむつかしく書かなくても、日本とハワイの間に日付変更線があって、日米開戦の記念日は日本で十二月八日、アメリカで十二月七日、これ亦誰もが知っている通り。

魚やいるかや海鳥は、こんなものにこだわらない。あのへんに住んでいれば、東経がわ

に餌を見つけてパッとあすへ飛びこみ、西経がわに雌を見つけてサッときのうへ泳ぎ込み、自由自在にやっている。人間だけが、自分たちの決めた架空の線と日付にこだわる。決めるならいっそ、国際日付変更線とは１８０度線のことなりと、スッキリ決めればいいのに、こだわるため、それでは困ると言う国が出て来る。１８０度線で区切ると自分の領土の一部分がきょうときのうに分れる。フィジー諸島の小島が一つそうなるし、米領アリューシャン列島では、アッツ、キスカの二島が、日本と同じ日になる。困る。それで日付変更線は、赤道とちがい、あっちこっちギクシャク曲げられてしまった。

ついでに書けば、昔日本の南洋委任統治領だったマーシャル群島のクェジェリン、戦争中日本軍守備隊が玉砕したあの島は、現在アメリカの大ミサイル基地になっていて、日付変更線より13度も離れた東経１６７度線上に在るにもかかわらず、西経がわと同じ扱い、人々はアメリカと同じ日付で暮している。「十月一日午前八時ミサイルを発射せよ？　そりゃどっちの日付でだ」というようなことになっては、対ソ戦略上具合が悪いのだろう。

さて、話は六十年近くさかのぼって、昭和二年の初冬、北米遠洋航海の日程をあらかた終った日本の練習艦隊が、最後の寄港地、ハワイのヒロに碇泊していた。旗艦は磐手《いわて》、司令官は永野修身少将、「初冬」の正確な日付が十一月三十日。

磐手のマストに翻っているのは、当然少将旗である。それを見ながら、永野司令官が、

「高田参謀、我輩は……」

と、練習艦隊参謀の高《たか》田《た》利《とし》種《たね》大尉に、軽く語りかけた。「我輩々々」と言うのが、永野提督の癖だったそうだ。

「我輩、東京ではもう中将になっておるンだがナ」

はッと気がついたと、今九十翁の高田利種元少将が、最近あるところでこのエピソードを披露している。十二月一日付を以て永野修身少将は中将に進級と、海軍省より公電が入っていたのであった。

「分りました」

磐手の航海長をつかまえ、中将旗に換えて下さいと頼みこんだが、

「未だ十二月一日になってないよ」

と拒否された。

「じゃあお尋ねしますが、本艦がもし、180度線の近くでジグザグ航路を走るとしたら、その度、それ少将旗だ、さあ中将旗だと上げ直すんですか」

高田参謀は言い返した。

「よし、分った。じゃあ中将旗を掲げるから、艦艇記録に残す文章を、司令部の方で書いてくれ」

と、航海長が折れて出た。

高田大尉が、

「昭和二年十二月一日、永野司令官中将ニ進級、少将旗ヲ卸シテ中将旗ヲ掲グ。本艦ハ西経百五十五度のヒロ港ニ碇泊中」

と一文を草し、これでよろしい、旗を換えろということになったそうである。

それから十四年後、永野修身は対米開戦の責任を負う軍令部総長の大将であった。真珠湾攻撃の日を何故十二月八日に定めたかとの陛下の御下問に対し、

「十二月八日は月曜日でございまして、アメリカ海軍の将兵が日曜日、遊び疲れて、翌朝ぐったりしている日がよろしいと存じ、そのように取り決めました」

と奉答して、軍令部の若手部員たちに「ぐったり大将」と綽名をつけられた。——こちらは高田九十翁の直話でなく、伝聞がまじっているから、全部事実かどうか、保証出来ないけれど、ずいぶん暢気な話ですよ。「その日が月曜日」は、むろん日付変更線以西のことである。十四年前四十七歳で、日付の変更にたいへん敏感だった提督は、満六十一歳、軍令の最高責任者として、アメリカと戦争するかどうかの重大決断をする時、ついうっかりにせよ、陛下の前で日付変更線の存在を忘れるというボケぶりを発揮したのであった。

こぼれ話の終る話

前回「日付変更線」と題して書いたのは、「そろそろ筆者変更の時期」という含みがあったのだが、その話はあと廻しにして、みなさん清沢洌《きよさわきよし》の「暗黒日記」を御存じか。

明治二十三年生れの気骨あるリベラリスト、国際政治に明るい言論人の清沢洌が、戦争中、世間の愚行蛮行を憤懣《ふんまん》やる方ない思いで書き綴った、当時は極秘の日記である。敗戦後九年目に、東洋経済新報社から刊行されて、一躍名高い書となった。「世界において、かくのごとき幼稚愚昧《ぐまい》な指導者が、国家の重大時に国家を率いたことありや。僕は毎日こうした嘆声を洩らすのを常とする」

とある。その「嘆声」が、日々の具体的見聞に裏づけされて出て来るから、たいへんリアルで面白い。

新聞がとうとう「米獣」という表現を使い出した、「米獣屠殺の部署につけ」といった書き方をしているとか、日本には不敬罪がいくつもあって、一、皇室、二、東條、三、軍部、四、徳富《とくとみ》蘇峰《そほう》、これらについては一切の批判が許されないとか――、その中に一つ、最近読み返してオヤと私が首をかしげた記述がある。

「昭和十九年七月十二日（水）
中央公論の藤村君の話――羽仁《はに》説子《せつこ》さんが藤田（雄蔵）海軍中佐の伝記を書いた。飛行士として非常に優秀な成績をのこした人である。それが『子供の科学』で評判になったので、手を入れて一冊にまとめて届出た。同社では推薦図書にでもなると考えていたのである。ところが『出版不承認』と却下された。印刷がすべて出来ていたのに。聞いて見ると、中佐が熱心なクリスチャンだと書いてある個所が不許可になったのだという。藤田中佐が聞いたら、こんな愚劣なクリスチャンでも、国のために立派に生命を捨てたのは惜しかったと言っているかも知れぬ。クリスチャンでも、国のために生命を捨てるのだ――そう考えてキリスト教に対する認識を改めずに、反対にイデオロギーで事実を抹殺しようとするのだ」

仰有ることはもっともだが、藤田雄蔵？　そんな中佐が海軍の航空畑にいたかナ。たいてい知っているつもりなのに、思い出せない。しかし、聞いた名前のような気もする。

調べてみて、「なアんだ」と分った。清沢洌の思いちがい。藤田雄蔵中佐は陸軍の飛行将校、それも、かの有名な航研機のパイロットであった。

対米戦争の始まる三年前、昭和十三年の五月、航空研究所の大型試作機、いわゆる航研機が、木更津、銚子、太田、平塚、一周約四百キロの周回コースを三日間飛びつづけて、長距離無着陸飛行の世界新記録を打ち立てた。搭乗員三名のうち、隊長格が、当時少佐の藤田雄蔵であった。翌昭和十四年二月、彼は中支方面の前線で戦死する。

「暗黒日記」の著者は、何故この人を海軍と取りちがえたのだろう？

以下は私の推測だけれど、熱心なクリスチャン——西欧の文物に理解ある国際派士官——それは海軍、という図式が、知らず知らずのうちに筆者の頭の中で出来上っていたのではないだろうか。

事実、海軍にはクリスチャンの士官がずいぶんいた。戦前の「海軍同信会名簿」なるものを見ると、枢要な地位に在る将官佐官で、正式の洗礼を受けたキリスト教徒がずらりと名を列ねている。私が個人的に知っている人だけでも、最後の駐米武官横山一郎少将、現在世田谷区で幼稚園の園長さんをつとめる九十三翁山中《やまなか》朋《とも》二郎《じろう》中将をはじめ、相当な数にのぼる。信者ではなかったが、井上成美提督も、亡くなる日まで、枕もとに付箋の一杯ついたバイブルを置いていたそうだ。海軍とキリスト教は、合い性がよかったらしい。

それでは、この件、「陸軍の場合どうなんだ」となると、分らない。分らないと言うより、私が知らない。あのコチコチの超国家主義的神がかり的体質から考えて、クリスチャンの聯隊長なぞ、許されなかったのではないか。藤田雄蔵中佐はよほどの例外ではなかったか。

「どうなんだろう」

鬼のおくびのところのK君に話したら、

「さあ」

文殊のKと言われる物識り編集者も知らなかった。

「調べてみます」

と帰って行っての結果は、質問の糸がめぐりめぐって旧陸軍の中枢部に及び、名前だけは私も知っている最後の陸軍省高級副官美山《みやま》要蔵大佐の上聞（？）に達した。美山さんの説明は、概略次の通りである。

「海軍のような、組織としてのクリスチャン集団はありませんでしたが、信者であるために差別を受けるということも無かった。仏教徒の将校もクリスチャンも神道も、昇進、配置など、凡《あら》ゆる点で平等でした。山本五十六さんと親しかった今村均大将をはじめ、何人かの人々の存在がそれを証明してくれているはずです。信仰上自己の信条を強く押し出しすぎて、周囲と摩擦を生じ、嫌われた例はありますが、将校と兵とを問わず、普通の勤務をしている以上、キリスト教徒だからとて、何も問題はありませんでした」

とすれば、戦争末期羽仁説子の「藤田雄蔵中佐伝」が出版不許可になったのは、検閲側の過剰反応だったということになる。

尚、美山大佐まで話を持って行ってくれたK君の知人、元陸軍大尉H氏の言葉が、付録として伝わって来た。

「美山さん、笑ってましたよ。あの小説家先生のことだ、どうせ海軍はすべてよく、頭の固い陸軍は頑迷で全部駄目と思っておられるんだろうが、残念ながら陸軍も、クリスチャンの差別はしておりませんよ、そう言って笑ってました。大体陸軍は、日本の土俗べったりのところがありましたからね。宗教に関しても、自分たちに特に不都合が無いかぎり、世界中の神様、何でも受け入れてしまう極めて日本的な一面を持っていたんじゃないでしょうか」

平素悪口ばかり言っている手前、私は首をすくめた。そして、多少の反省をした。クリスチャン士官の容認度において、陸軍と海軍は大ちがい、そう私が思っていたわけではないけれど、とかく、ひいきのひき倒しの色眼鏡でものを見ると、事実を誤る。「イデオロギーで事実を抹殺する」ことになる。それは精神のフレキシビリティを重んじた本来の海軍気質に反するものだろう。

初めに書いた通り、そろそろ執筆者交替の時期、おあとの支度がよろしいかどうかよく知らぬが、私は今回で退陣する。退陣に際し、海軍よもやま物語の最後に、ちょっとその自戒をつけ加えておこうと思うのである。

日本海軍の伝統と気風

今、私の経歴をご紹介してくださった中国電力の古稲さんが陸軍士官学校――広島がだいたい第五師団、広島陸軍幼年学校の所在地――で、具合が悪いんですが、私は日本陸軍の非常な独断と偏見、無知そして政治への介入が日本を破滅寸前にまで追い込んだと思っています。が、それは上層部のことであって、やはり一兵卒として、あるいは初級将校として前の大戦に参加なさった人には苦しいと同時に懐かしい思い出がおありになるだろうに、ああ悪口は言わなくてもいいとお思いになるかもしれません。苦労なさった方に対しては何も他意はないので、その点ちょっと、あらかじめお断りしておきます。それに、海軍は陸軍に比べてそんなに良かったのかというと、実は同罪と言っていい面がたくさんあるのです。海軍の悪いところを話しだすとキリがないのですが、今日は、私が皆さんのお仕事の参考になるようなことを申し上げる柄ではありませんけれども、旧海軍が持っていた特殊な人材管理とか物の考えかたとか、教育の仕方とかいうもののなかには、あるいは私が事実を申し上げれば何か皆さんの方で参考になるようなことがあるのではないかと思うので、こういう題にしてきたのです。

陸軍と海軍はずいぶん違ったんです。その一番簡単な理由は、やはり、陸軍は初めはフランスがお手本だったりしたんですけど、ほとんど明治以来のプロシア、その後のドイツ、そしてヒットラーのドイツに非常に心をひかれドイツをお手本にした。一方、日本の海軍というのは終始一貫、英国がお手本だったということ、英国人流の物の考えかた、あるいは生活の仕方、それとプロシア流の、ドイツ流の対処の仕方ということとの差もかなり顕著に現れているかと思われます。しかし私などは本職ではなく、大学の国文科という、およそ軍人とは全く縁がなさそうな科を専攻して大学を出て、いわば戦争中の臨時雇いの下級士官として約四年間、末期の海軍に奉職していただけの者です。ですが、その後、仕事として山本提督のこととか井上提督のこととか米内《よない》さんのことを書きましたから、人の話を聞いていくうちに学んだこともありますし、私自身の四年間の体験で「ほほう」と思ったこともあります。そういうことをとりまぜて、なるべく具体的に、日本の滅んだ海軍の良い面を拾っていくと、どのような伝統と特殊な気風を持っていたかということを申し上げてみようということが本日の主旨でございます。

良き時代の良き気風……杉田法学士の体験

昔の海軍は確かに良かったと、古い海軍にいて今八十歳以上の人がそう言います。日本の他の社会の人ではちょっと考えられないぐらいのリベラルな気風があった。その証拠に、戦後敗戦になって世の中に放り出され三菱や三井とかいう大企業に再就職して、大会社というのは、こんなにも上に気兼ねのいる封建的な堅苦しいところかとビックリしたという海軍さんが、文官とか技術士官に多いんです。それで、例えば「いつごろまで海軍の良き時代の良き気風が残っていましたか」と聞くと「まぁ満洲事変だね」というのが、ほぼ一貫した答えです。ここで、ちょうど満洲事変の直前に東大の法学部を出た杉田主馬《すぎたかずま》という方の話をいたします。この人はご健在で八十半ばですが、今でもお見かけしただけでそれとわかる素晴らしいジェントルマンで、ご本人は名古屋の銀行家の息子であります。一高を出て東大では穂積重遠《ほづみしげとお》先生の教室にあって成績は非常に優秀で、先生から穂積教室に残らないかと……それは将来、東大の法学部教授にという含みで言われたんですけれど「私は、どうも教壇に立って人に教えるという柄ではないから」と、せっかくのいい地位をポイと断り、また親の跡を継いで銀行に入ってお札の勘定をするのもイヤだと、これもやっていない。就職が決まっていないわけです。

そのことを聞いて、穂積重遠先生は、しばらく考えて「杉田君、きみ海軍に入ってみる気はないか？」。一高時代から、軍人というのは馬鹿と石頭の集団だと思っていたのに、先生も随分変わった職場を考えてくださるものだと思い「どういうわけですか？」と聞くと「いや僕の弟は穂積律之助といって海軍の造船官だから、ある程度知っているんだよ。海軍というのは外部から来た人間をなかなか大事にしてくれるところだよ。簡単に言うと海軍省の大臣官房の国際法の顧問になってもらいたい。将来そういう地位に就く人を採用しているんだ。友達がいなくて寂しいかもしれないけど、将来、勅任までの地位は約束されていて、それ以後は君の努力次第だ」ということで、のんきな時代ですから「先生がそうおっしゃられるのなら、海軍に行ってみてもいいです」と言ったところが、すぐ本郷から霞ケ関の海軍省に電話が通じまして、二十四歳の法学士を迎えに錨のマークをつけた黒塗りの乗用車がやってきたんですね。

これに、ひどいズウズウ弁の中佐が乗っていて「それでは今から海軍省に行っていただく。私は人事局で文官人事を担当している保科《ほしな》善四郎と申します」という、これは戦後宮城一区から立候補して衆議院に出た保科善四郎中将、当時は中佐です。この人が車中で若い二十四歳の法学士に言うには「帝大を卒業して官庁に就職なさると普通初任給が七十五円ですが海軍は特に、あなたに八十五円差し上げようと思う。一年間は海軍の嘱託という名目で穂積先生の大学院で勉強を続けていただきたい。一年後に、たぶん英国留学の辞令が出ることになると思います」。なるほど外部から来た人間を大事にする。官費で洋行も悪くないということで海軍省に着きますと「まず次官に挨拶してくれ。大臣は今、軍縮会議の調印でロンドンに行っていて留守だ」ということで、次官で出てきたのは山梨勝之進中将。それまで杉田青年は軍人というものを知らないんです。それで「おーそうかい、いい人に来てもらった。どうぞよろしく」と向こうから丁寧に挨拶されて、非常に知的な感じがする軍人なんです。

そこから出て、官房の副官室――先任副官が後に戦死される古賀峯一大佐ですが、これが副官の親玉、その他、海軍史に詳しい人はお名前をご存じの方がズラッと並んでいるんですが、あちこちで電話をどこかにかけているのはフランス語と英語なんですね。これが外務省ならわかる。石頭でコチコチのはずの海軍省の軍の行政機関で、なんで、こんな華やかなハイカラみたいなことをやっているんだろうと思って、若い杉田法学士には非常に印象的だったらしく、けれども何も海軍は洒落たところを見せていたわけではないんで、ただ今申しましたように軍縮条約の調印直前なんですね。それで各国大使館とのいろんな事柄の打合せで、みんな英語やフランス語を使って英国大使館、フランス大使館と交渉中だったところに、たまたま若い法学士が行きあたったんですが。まあ今まで思っていた軍人社会と非常に違うという印象をうけて大学院に帰ってきて勉強を続けておりまして、一年たちまして昭和六年の春ですね、まもなく満洲事変が起こるのですから。

いよいよ英国に留学してケンブリッジ・トリニティカレッジに入るということで横浜出発の朝、副官から注意があって「大臣に留学のお礼の挨拶をしていってくれ」というんで、大臣室に入ったところ、大臣が安《あ》保《ぼ》清種《きよかず》大将。ご承知の方もいらっしゃると思いますが、彼が「訓令に何と書いてあったか」と聞かれたので「訓令には英国において英語学、国際法ならびに戦時行政を研修のうえ帰国すべし、と書いてございました」と謹んでお答えしたところが、安保大将が「そんなことは勉強しなくてよいから、ただ彼らがどういう物の考え方をするか、それだけシッカリ身につけて帰ってきてくれ」と言うんだそうです。それから、大臣のお墨付きだから杉田さんはロンドンに着きまして初めはちょっとロンドン大学で学びましたが、後にケンブリッジ・トリニティカレッジに移りまして、大臣のおっしゃられたとおり、よく学び、よく遊び、どっちかと言うとよく遊び、たくさんの友達をつくることに努めて、約二年半の留学を終えて帰ってきましたら、満洲事変が起こった後で、海軍が少し変わりかけているわけです。非常にリベラル派だと見られていた大将、提督たちが次々と辞めさせられているんです。山梨さんも職を追われて、威勢のいい末次一派のたぐいが海軍の主流を占めるような傾向が出てきている。だけれども、大臣官房の空気は出ていく時とちっとも変わっていない。

その杉田青年が二十七歳になって、文官ですから背広を着て海軍省へ毎日出勤してくるんですが、身分は中尉相当官です。中尉の身分の文官です。彼が英国で覚えてきたことが二つある。ゴルフと車の運転。当時のゴルフですから、今とは違うんです。東京周辺には今日でいう名門コースは二つぐらいしかなかったわけです。それで土曜日になると自分で車を運転して、初めは留学した人特有の愛国心でダットサンを買ったんですが、すぐギヤが抜けたのでフォードの小型に買い換えて、そのバックシートにゴルフ道具を積んで出てくるわけです。それで十一時四十五分になると「お先に失礼します」とゴルフへ行ってしまうんですね。これは中国電力の若い社員がロールスロイスで毎日出勤してくるのよりも目立ったんじゃあないかと思いますが。はたして軍令部あたりの中佐、少佐、血の気の多いのから「あの商人服を着た若僧は一体何だ」ということで、だいぶ問題になり、自分でもわかるわけです、生意気に見えるだろうということは。しかしゴルフはおもしろいし、車の運転は便利だし、東京都内は道路こそあまり良くないが今日のように渋滞はないですから。やめないし、やめないでいるとどういうことになるかという、こわごわな好奇心もあるわけです。

　そのうち自分の直属上官である軍務局長の中将か大佐クラスの副官の親玉あたりから「いいかげんにせんか」というお叱りがあるかと思って、こわごわ様子をうかがっていたんですが、直属関係の大臣官房の連中というのはニヤニヤと見ているか全然気がつかないような顔をして見ているか、知らん顔なんですね、何週間たっても。かえって杉田青年の方が気味悪くなりまして、どういうわけで雷が落ちないのかということを聞いてみたわけです。そうしたら先任副官の答えが「海軍は公務に支障をきたさない限り個人の生活には容喙《ようかい》しないのを建前にしている。君が土曜日ごとに車を運転してゴルフ道具を積んで出勤してくるのも、君なりの生活の事情と考えがあってのことだと思う。だいたい、海軍の軍人と同じような考え方をし、同じような生活をする人間が欲しいのなら、東大法学部を出た君なんかを八十五円もの高い給料を払って雇う必要はない」と言うんですね。「海軍は何かの時に海軍の軍人と全く違う側面から物を見、判断し考えてアドバイスしてくれるような人間が必要な時があると思うから君のような人を雇っている。君は自分の考えに従って公務に支障をきたさない限り、周囲の声に耳をかすことなく、自分の思うように生活していればいいし、思ったとおりのことを発言していい。その権利があるし義務もある」

――なかなか海軍は開けている。

　あとで申しあげたほうがいいのかもしれませんが、いよいよ日本本土決戦に突入するか、ここで戦争を終わらせるかの時、ここで彼は、天皇の地位は「…subject to」（注：“From the moment of surrender the authority of the Emperor and Japanese government to rule the state shall be subject to…”）という傍受電文をめぐって、米内さんに非常に大事な答申をする立場の人になるわけです。

　あとは陸軍の体質にだんだん似てきて、時世の影響をうけて海軍の体質が右傾化して、困った田舎っぺがのさばりだして、という言いかたをされますけどね。しかし、それより後に育った連中は、満洲事変までのやつでないと優秀なのがいない……ということになると不愉快だから、やはりもう少し若いやつは「支那事変まではよかった」とか、我々のようになると「いや俺のクラスぐらいまではよかったよ」とかいうことになるんです。

〝むつかしござる〟高等数学？　問題

自分自身の体験談をお話しいたしますと、陸軍に行くと一兵卒で顔スリッパびんたからやらされるとか、ウグイスの谷渡りというような陰惨な刑罰があるとかいうんで、行きたくないと思ったわけです。ところが同じ大学でも法学部、経済学部を卒業しますと、二年現役つまり短現のコースが待っている、成績さえ良ければ。工学部は技術士官になる道がある。医学部は軍医で試験さえパスすれば、いきなり海軍士官の服を着せてもらえるわけです。軍艦にも乗れる。一番海軍と縁がなさそうで役に立たないのが文学部で、源氏物語をやったとかは関係ないですからね。それから理学系や農学部、ノミの研究をしていたとか農芸化学とかですね、こういうのは役に立たないわけです。海軍に縁がない。ところが、こういう学生を救済するというか、海軍に士官として吸収する制度が私の卒業する少し前に出来ました。それが、いわゆる予備学生制度です。

これはシメタと思いまして、さっそく願書を出したんですが、そういうふうに思った学生は非常に多かったらしくて、私の時には五五〇人で、第二期の兵科予備学生というのが正式名です。五五〇人に対して十倍から十五倍の応募があったと聞いています。かなり厳重な試験で筆記試験、身体検査、体格検査がありまして、そのうえに今日で言う面接があるわけです。面接は少佐か中佐の人が三人ぐらい椅子に座っていて、そこに一人ずつ呼ばれていってアドリブでいろんなことを聞かれるんです。一人一人同じではないんです。私が聞かれた問題は三つありまして、よく覚えていますが、第一問は「横浜シアトル間はシーマイルにして何マイルあるか」というものです。困ったなあと思ったけれども、シーマイルというのはご承知のように、ノーティカルマイルとも言ってランドマイルの一・六キロよりももっと多い一・八キロくらいになるんですが、あまりモタモタしないほうがいいと思い「はい約四五〇〇マイルでございます」と答えましたが、いいとも悪いとも言わない。第二問は「赤道を実在の帯と仮定せよ。これを三メートル長くすると赤道は地表面からどのくらい浮き上がるか」という問題でした。今より頭はフレキシブルだったので、円周率の問題だなと思い、常識で考えると浮き上がらないと思うけれど浮き上がるんですね。何センチと答えましたが、これも良いとも悪いとも言われない。第三問「君は、なぜ海軍予備学生に志願したか」と言われ、これは待ってましたと思い「はい、陸軍が嫌いだからであります」と言ったんですね。後から考えると非常に危険な答え方でした。ここで、試験官が意地悪く「そうか、お前は陸海軍とも同じ陛下の大事な軍隊なのに、陸の上で苦労するのがイヤで、それだけで海軍を志願したのか」とつっこまれたら、青くなったり赤くなったりするところでしたが、不思議なことに試験官はニヤッとしたわけです。ニヤッとして「よろしい」と。それで良いか悪いかわからないんですが、通ったんです。

合格して同級生五〇〇人、軍隊も何もわからないのが、いきなり士官の格好した服装をさせられて、その煙草の時間に、貴様はあの時どういう問題が出たかと、いろんなことを聞かれたんですが、やっぱりアドリブで聞いてるんです。その中で、おれは実に変な質問をされて驚いたというのがいて「ここに六つの菓子があって五匹の猿がいる。この菓子にいっさい手を加えず、五匹の猿に平等に分け与えるにはどうすればいいか」。この男も文学部で高等数学っていうのはダメなんです。これは高等数学の問題に違いないと思ったんです。それで、とても考えてもわからないから、せめて態度を潔くして試験官の印象を良くしようと思って「はい、わかりません」と言ったそうです。そうすると試験官がニヤッとして「そうか、わからなければ教えておいてやるが、これを〝むつかし（六つ菓子）ござる〟というんだ」。

しゃれを知っていると満点なのかというと、そうは思えない。

戦後何十年も、この話は私どもの懸案だったんですが、今から七～八年前、オヤッと思うものを文藝春秋で読みました。東大のフランス文学の木村尚三郎さんは私の後輩なんですが、フランスのエナという学校の卒業試験か入学試験に、この海軍で使った変な問題を出すことがあるんですね。彼が、その例をあげています。「ウィーンにおけるドナウ川の水深は幾らか」。これを木村さんの説によると、数字で答えたって点なんかもらえない。それでは、こんなへんてこな問題にどう答えたら満点であろうかと組み立ててみる。つまり将棋の詰め手みたいにして考え、推理していくと、こう答えれば九十五点か満点をくれるんではなかろうか。「はい、せっかくのお尋ねですが、ウィーンというのはかなりの大都会であります。どの地点での水深をお望みですか」と言えば「オッ、こいつはやるな」ということになろうというんです。〝むつかしござる〟はバリエーションがございまして、六本の樫の木があって五匹の猿がいる。五匹の猿を六本の木に一匹ずつとまらせるにはどうしたらよいか……と。ダジャレですから毎年は使えませんね。これは日本語特有のカケ言葉というものがあってダジャレだけれども、それではエナの試験官にしろ、海軍の採用試験官にしろ、こんな問題で何を見ていたかというと、意表をつかれた時に逆に撃って出るくらいの知力と体力と判断力を持っているくらいの人間でないと、そこでカーッとコチコチになるような人間は海軍士官あるいは卒業生にはなれないということだったんではないでしょうか。その証拠に、海軍の技術下士官、造船の士官の採用試験などでエナの問題と似たようなものを出しています。

〝むつかしござる〟の問題は、海軍大学校の採用試験に出たことがあります。海軍大学校というのは、ご承知のとおり一人前の海軍士官として、すでに洋上経験を少なくとも一年ないし二年、その他、副官配置などの経験をしてきた大尉、少佐クラスの若手士官が、いよいよ司令官コース、幕僚コースをとるための海軍の最高学府であります。毎年、海軍大学校の甲種学生というのは二十人か、せいぜい三十人足らずしか採らないエリート中のエリートの採用試験です。海軍大学校を試験場にしてやるのが普通ですが、その日は海軍省がカラッポになるくらい、大佐、少佐がみんな試験官になって行きます。二階に試験室がありまして一階から階段を上がってくると、ベンチが置いてあって、そこに注意事項が貼り出してある。注意事項を熟読のうえ名前を呼ばれるまでベンチに座って待っておれと書いてあるわけです。そして待っておりますと、何々と言われて入っていきます。

質問の大部分は、まともな指揮官としての決心いかんとか、この三隻の巡洋艦でもって敵艦隊にあった場合、貴官ならどうするか……とか、いろんな決り、法律の問題とか、もう泣きたくなるそうですけど、その中に変な試験官がいるというか変な問題が出るわけです。「きみは、さっき階段を上がってきたろう」「はい、あがってまいりました」「何段あったか」――これは、かたくなっているほどわからないんです。「約十四段くらいありますす」「くらい？　海軍士官が階段の段数を十四段くらいという、あやふやな答え方でいいと思うか」。それで何言っとるかというふうに落ちついているくらいなら逆にいいんだけどカッとなる。そのカッとなったところに「注意事項をよく読んだか」「はい、よく読みました」「誤字脱字が幾つあったか？」わざと入れてあるわけです。どのくらいアガっているか見るために、そこらで引っかけられたと気付くんです。「誤字、脱字に気づきませんでした」と答えると、追っかけて「もう一つ聞くが、ここに六本の樫の木があって五匹の猿がいる」これは、カーッとなっていれば答えられません。どう答えたらいいかいまだに私は解答ができませんが、要するに、その場の反応の仕方を見ているんだと思います。

山船頭が一人前の船乗りに育つとき

そういう人の採用の仕方と言うのは、ヨーロッパの知識階級の中に、あるいは、陸海軍とか今言ったように学校の中にあったものかも知れないわけで、海軍は英国経由で、あるいはフランス経由で、そういうものを学んで使ったのではないかというのが、証拠はありませんが私の現在の一つの推理でございます。それで、要求しているものは何かと言いますと、頭脳と精神のフレキシビリティということで、別の言葉で言いますと、ブレーンストームという言葉が一時はやって、それから立体思考と言いますか何かそういう言葉が経営者の方々の中ではあるようで、私はよく知らないのですが、要するに一つの場所からだけで物を見ていてはいけない、常に別の角度から見て別の考え方ができるようにならなくては駄目だよという、そういう要求の現れではないのかと思うんです。これが本当に生きていれば、あんな世界第三位の聯合《れんごう》艦隊を滅ぼして日本を焼野原にしてくれなくても済んだのですが、だんだんダメになってくるからダメなんです。けれども、やっぱり今七十歳代の人は満洲事変と言い、一方で支那事変が始まるまでは海軍もなかなか物のわかっていたところはあったよと言うんですが、その例を話します。

そのころ私は、まだ広島の高等学校の生徒でして軍人になろうとは考えたこともなかったんですが、現実に話してくださった人は、岡田啓介大将の末息子で貞寛さんという方です。昭和十二年いわゆる支那事変が始まった年が海軍の遠洋航海らしいヨーロッパへ行った最後の遠洋航海でございました。したがって、航海期間が長く、これに、岡田貞寛さんは経理学校ですけど、兵学校、機関学校、経理学校、それから実習の軍医になるべく若い少数の者が乗りこんでいって、鍛えられて帰ってくるんです。指導官というのが大尉クラスで、指導官付きというのがあり、この付きを務めるのが中尉でありまして、仮に、ここで高木中尉としておきます。「付きは月よりなお無情」と言いますが、この付きが鍛えるんです。ところが鬼より怖い高木指導官付きに東京にフィアンセがおりまして、あの時の遠洋航海は四カ月くらいかかったんじゃないですか。四カ月かかって、いよいよ、あすかあさって横須賀入港というときに鬼の顔がゆるんでくるわけでありまして、東京に電報を打つわけですね、『十六日午後三時横須賀入港予定高木中尉』と。

受取ったお嬢さんの方も、もちろん大変なお喜びのようだけれども、まだ海軍の文書、電報の取扱い方なんていうのは何も知らなくて、すぐに返電を打ったわけですが、その中尉は、どこか鹿児島か沖縄の港から打ったんでしょうが、それに対して船あてに返電を打ったんです。『まぁうれしい花子』と。これがまずいんです、海軍の電報取扱いの規則によると、打ってもいいんですが、非常にいろんな手を経るわけです。まず、当時ですから横須賀郵便局留置きで電報が行くわけですが、郵便局では、これをはしけで停泊中の船に送る場合もあるのですが、昭和十五年頃からやり方が変わったらしく、港務部に一括に持っていくんです。早く知りたいだろうと思うような場合は、すぐに。そうでもないものは明くる日、郵便物と一緒にもっていくんです。そして港務部は、それを送ってやるべき電報だと思うとどうするかというと、手旗信号なり発光信号なりで湾内停泊中の船に送るわけです。

ところが、遠洋航海に使う船というのは八雲《やくも》とか磐手《いわて》とかの明治のオンボロ軍艦でありまして、長門《ながと》、陸奥《むつ》、大和《やまと》、武蔵《むさし》、鳥海《ちょうかい》などのように、袋小路みたいな横須賀の港に入ってこない。沖止まりなんです。だから送ってやるといっても港務部から見えないわけです。それで、まず戦艦長門に中継を頼むわけです。「軍艦八雲の高木中尉あてに民間電報あり」「了解送れ」「本文『まぁうれしい花子』終り」。これは公務ですから全部、記録をとってあるんです。八雲は長門からも見えないから巡洋艦鳥海に中継を頼むわけです。三段飛びくらいで届いて、高木中尉は怒られたかというと大変に喜ばれたんですね。それ以来一年くらい「まぁうれしい元気か」「まぁうれしい、どうしとる」といって大変笑い話の種にされたそうです。この一つの海軍の特徴は、ああいう狭い鉄の船の中で生死を共にして、しかも野郎同士が長い間一緒にいると、どうしたってこうなりますから、その必要もあったでしょうが、ユーモアのセンスというのを非常に大事にした。少なくとも大事にしろということを言ったということだと思います。これは非常に喜ばれたんです。

もう一つ、そのときの岡田さんから聞いた話を紹介しますと、二期の候補生と言って、艦船乗組みをやってまだ少尉になっていないのが、いよいよ一人前の士官の見習いをするわけです。商船と違いまして軍艦の操縦というのは非常に難しいんです。なぜ難しいのかと言いますと、艦隊行動、船隊行動をするのが建前だから難しい。商船というのは普通一隻で行くからどうってことないんですが、単縦陣の三隻なら三隻、金剛《こんごう》、榛名《はるな》、比叡《ひえい》というふうに並ぶわけですね。そうすると一定の間隔で外見上整然と並んでいかないといけない。その艦尾の旗ざおから次の艦の艦橋までの距離も常に一定でないと見栄えがよくないわけです。これを中尉あたりの不器用で、あまり慣れていない山船頭がやると間隔が開くんですよ。開くと後ろがくっつくんです。だから二番艦が一番難しい。

仮に榛名を二番艦としておきますけど、榛名の中尉当直将校が操艦しているわけです。操舵というのは下士官がやりますが、艦長は、こっちで知らん顔で椅子に座っています。するとかにめがねの携帯用測距儀というのがありまして、水兵が前艦の旗ざおの距離を、あれは六〇〇でしたかね、常に測っておいて「六五〇遠ざかりまーす」という一種の節をつけて報告するわけです。「六七〇遠ざかります」「六八〇遠ざかります」と、こうなるわけですね。気が気ではないですからエンジンをちょっと微調整しなければなりません。赤黒と言いまして、黒一〇赤一〇マイナス回転、多少回転数上げろというのは一〇くらいのメモリでプラスマイナス上げ下げ、その「黒二つ」と言うんですね。エンジンちょっと回転上げろと機関部に言うんです。ところが、すぐいかないんですよ、船のエンジンというのは。行きあし出てこないんです。「黒二つ」「黒二つ了解しました」といってるのに「六九〇遠ざかります」と言うと中尉は気が気ではありません。それで行きあしが効いてきて「六七〇近づきます」になる時に戻すのを忘れるわけですよ。もう行きあしがついたら、すぐ「赤黒なし」と言わなければならないんでしょう。それを忘れているものですから「五八〇近づきます」とか、あれあれと思っているうちに「五四〇近づきます」「四二〇近づきます」ということになると今にもガーンとやりそうになるから、怖くてしょうがない。陛下の艦をぶつけたら切腹ものですからね。「面舵」と、二番艦榛名だけグニャーッと動く、本当は早く戻して六〇〇の定位置につけるだけの行きあしにしてやらないといけないのですが、できなくてぶつかりそうになるんです。一番艦は司令が乗っていますから、信号がはいります。「二番艦当直将校の官、氏名知らせ」と、これはまずいですよね。その時に黙って立っていた榛名の艦長が出てくるんです。「信号兵ただ今の返、榛名は艦長自

「榛名は艦長自ら操艦しつつあり」。信号兵は言われただけだから「復唱します」と言って復唱して「榛名は艦長自ら操艦しつつあり」と。そんなはずないな、あの動きは。だけども、そう言ってこられると司令官も文句が言えないわけですよ。まことに本人はユーモアどころじゃないんでしょうけど、山船頭が一人前の船乗りに育っていったという話を聞いております。

教訓もあり　日本人の特性とユーモア感覚

まぁこういう時代だったんですけど、悪い方の例を申しますと、この年、遠洋航海のトレーニングスクアドロンと前後するかたちで、巡洋艦の足柄《あしがら》が単艦、英国王の戴冠式の記念観艦式に渡欧しております。時の駐英大使が吉田茂さんですが、これは実に海軍がフレキシビリティを大事にしろと言っているくせに、フレキシブルのちっともない、すぐカッとなる、日本人特有のゆとりのない、いけなかったことの例証ですけれども。足柄は記念観艦式に参列してハイドパークで日本海軍の音楽隊の演奏などやって、最後にドイツのキール軍港を訪問しまして、キールを出港してドーバー海峡を抜けたのは夜遅く十一時か十二時くらいです。これには、徳川夢声が乗っておりました。それから海軍関係でも、いろんなスタッフが向こうのことを見て吸収してこいということで乗っていたんです。この時、徳川夢声の後輩にあたる牧野茂さんという少佐ですが、この人が徳川夢声からコンタックス居士というあだ名をもらっていました。コンタックスというドイツのカメラをもって何でも見てやろう何でも写してやろうというんでデッキで待機していると、ドーバー海峡の英国側つまりドーバー側で防空演習をやっているんですね。飛行機が飛んでいる音がするんです。探照灯がつくんだそうですが、探照灯が三基ついたと思ったらパッと敵影をつかまえている。これはおかしい。日本海軍は、こんなことはできない。そしてまた消えるんです。そうすると、またブーンブーンと音がして、またパッとつく。ついたと思ったらサッとつかまえるんですね。

それから、その他おかしいと思ったことが幾つもあるんですが、足柄が台湾沖まで帰ってきたとき、支那事変勃発。横須賀に入港の予定が急遽佐世保で、その徳川夢声さん、牧野造船少佐という不要な人員を降ろして艦隊へ編入せよということで急遽臨戦態勢に入るわけです。牧野さんは汽車で東京へ帰りましてオフィシャルな報告書も書いたんですが、そのほかに、あの防空演習の実態を見ると、とにかくこれは普通のことじゃない、何か、非常に新しいことを開発したとしか思えない。つまりレーダー、初期のレーダーを使って防空演習をやっていたわけです。これを建言書として書いて、各方面、呉の海軍工廠とかいろんな艦政本部とかに出したんだけど、みんな「今、事変が始まったぞ。それどころではないんだ。火がついて忙しくて駄目」ということで、約四年か三年半ほど艦政本部の机の中で眠っているわけです。そしてガク然として、ドイツと英国とアメリカがレーダーなるものの開発に成功していることに気づいた時には約四年の遅れができた。レーダーがあったらアメリカと戦って勝てたというものではありませんけれども、いろんな作戦面での不備を招いた日本海軍の「忙しいから、そんなのんきなことはやっていられない」ということが実は一番大切な事を忘れていたという一つの教訓でありましょう。

ユーモアを解さないものは海軍士官の資格なしとか、江田島の兵学校で、よく上官なり上級生なり教官なりが、入ってきた若い生徒に言ったのは「貴様達、アングルバーじゃダメだぞ。フレキシブルワイヤーでなくちゃいかん」。これをよく言ったそうです。これは皆さん方もよくご存じかも知れませんが、アングルバーというのは、山型鋼というんですかH型鋼というんですか、えらく大きなスチールの材ですよね。あれであってはいけないというんです。あれは見たところ実に立派で堂々としてえらそうだけど実際、何の役にも立たない。それに比べて、このフレキシブルワイヤーというのはグニャグニャとした、やはりスチールですけれどもワイヤーですね。これは見たところだらしなく見えるけれども何十トンという重量物を自在に動かす。海軍士官はアングルバーになってはいかんので、頭脳の回転も身のこなしもフレキシブルワイヤーでなくてはいけないと。それからユーモアを解さないものは海軍士官の資格なしと言ったんですが、海軍士官として英国流の教育を受けたといったって、根が日本人ですからね。難しいところがあったと思います。戦争に負けてすっかり言論の自由な国になって、フレキシブルな物の考えかたも、いくらでもできるようになったかのように思えるけれども案外そうでもない。ユーモアのセンスも、英国文学を勉強するんならこれは除外視することはできない貴重な精神的価値だと思うんですけれども、日本の文学ではユーモアというものは、そんなに大事にされていないんです。

それは、日本文学というのは庶民生活の反映ですからね。文学者だけがダメ、総理大臣だけがダメ、ということはないんで、結婚式の披露宴に行ってごらんになればよくわかります。多分、皆さん方のスピーチというのはいいかもしれないけれども、立派な○○会社の役員の方とか、大臣経験者のスピーチというのは概して、おもしろくもおかしくもないですな。それで披露宴の派手なのほど何十人という来賓がスピーチをなさるんですが、おもしろければいいけれども、おもしろくない。最後に花嫁の親友の花子さんというのがお立ちになりまして、ご覧のとおり、みちこさんはすごい美人で、学校でもすごくおできになったんですけど、遊ぶほうだってすごくお好きで、この前、最後だからっていうんで大山へスキーに行ったときにすごくおかしいことがあって……と、自分は振り袖着て口を押えてクスクス笑っているけれども聞いているほうは、おもしろくもおかしくもないという、こういうのがまぁ日本のウィットとかユーモアとか、センスの現状の反映ではないかと思うのです。小は家庭生活、友達づきあいの中から、大は大会社の中での人事関係、ひいては国際間のギクシャクの解決をいかにするかという談合の上でも、一掬《ひとすく》いのユーモアっていうものは非常に大切な精神的な潤滑油の働きをすると思います。これは、もう少し日本人が、大切な事と考えてもいいことではないかと思います。

福田赳夫さんが今から十年前に西ドイツのボンでサミット会議があって、あの時の英国首相はサッチャーさんの前で、キャラハン首相でしたが、新聞記事に、こんな特派員の記事があったのを見て私はおもしろいと思ったんですがね。ボンの何とかいう立派な建物の中に入って第一の会議を開こうとするのに記念撮影があるでしょ。その時、福田さんが多少緊張しておられたのか口に仁丹を含んだ。それを見て隣りに立っていた英国の首相さんが「福田さん、それ何だ？」と聞いた。仁丹と言ってもわからないだろうから「これは気分のさわやかになる薬だ」と言ったのです。そしたら英国首相が、すかさず「日本は、これ以上まだ気分がさわやかになりたいか」と聞いたそうでありまして、これは、今からその議題に入ろうとしている時に実にうまいですね。衰えたりといえども大英帝国の首相という感じがしたと。ただ残念なことに、この新聞の記事に福田さんが何と言い返したかは書いていない。多分、何とも言い返せなかった。それで、福田さんは大蔵次官までやられた方で頭がいいに決まっているんだから、数字をあげて日本の立場を説明するなら堂々となさることができただろうけど、その場はそういう場じゃないんだから、日本にも言い分があるということを仁丹にひっかけてチクリと言い返すぐらいのセンスが我らの総理大臣にあってくれたら、我々としてもどんなに肩身が広いか。肩身が広くなくてもいいけど会場に入ってからのやりとりが「ウーン日本側のいうこともさっき笑わせたけども、もっともなこともあるぜ」ということになるんじゃないかと、はなはだ文士的甘い想像かもしれませんけれども考えるのであります。そういう時、我々平均した日本男性の典型的反応というのはニヤッとして頭をかくっていうんですね。これじゃ通じないんですから。それを海軍が非常に大事にしろと言ったということは、私はおもしろいではないかと思います。

敵性国語廃止下のネイビーのモットー

そのほか、私がさっき申しました三つの諮問を受けまして、幸いにパスして入って台湾へつれていかれ、整列させられて。広島出身の谷本計三という大佐が教育隊長でしたが、この人の第一声がですね、「ネイビーはスマートネスをもってモットーとする」。これには驚いたですね、今なら驚きにならないと思いますが。「は」と「をもって」と「とする」しか日本語がないでしょ。当時、世間じゃ何と言っていたかというと敵性国語を廃止しろと、大変だったんだから。敵性国語廃止運動っていうんで広島辺りの中学校もどんどん英語教育をやめたんじゃありませんか。なぜ憎いアメリカ・イギリスと食うか食われるかの戦さをしながら敵の言葉を十幾つの時から勉強しなくちゃいけないのかというので敵性国語廃止っていうのが、民の声、天の声と言われてた時に、海軍はそんな気ないんですね。

だいたい英国ユーモアのセンスということまで英国に学んだのかもしれないけど、キザといえばキザの極みみたいなところがありまして、何でも英語みたいな言葉を使うんですね。それは今のフレキシビリティとかですね、ユーモアのセンスとかいうことだけじゃなくて、料亭と言えばいいものをレストと略して、レストランのレスト、それは聞いてみれば英語だということがわかるけれど、待合いをチングって言うんですよ。何でチングだって言うと、待合うんだからウェイティング、ウェイトのティングだという。英語かどうかわかりませんけどね。アフターなんて言葉も使うんです。アフターにはいろんな意味がありますけど、後妻のこともアフターって言うんですね。それから汚い話ですけども、梅毒のことをプラムと申します。横根《よこね》のことはサイド、それから大便小便のことはグレート、スモールと申します。だから英語廃止ったって受付けようがない。そういう体質なんでありますが。

それから私自身のことを申しますと、基礎教育が終わりまして、通信学校へ連れて行かれて、諜報関係の特殊教育を受け、軍令部の暗号関係の士官にさせられて、昭和十八年の暮れに、もう随分物がなくなっている時ですが、十二月三十日に当直になった。私は大学は国文科だと先ほど紹介しましたが、国文の先生になるには、漢文、中国語を少しやってないといけない。それで、中国語を少しかじったんです。それを、さもできるように言いふらしてあるもんだから、中国の暗号関係にまわされてC班というところへ。隣りはS班でロシアです。その二組の少尉が私達ぺーぺーで当直に行きますと、中佐の江口穂積って人が当直だった。この人は平素仕事をしないんです。ダンヒルパイプで英国のストックのタバコをふかして、赤本ばっかり読んでいるんです。赤本てのは機密書類ですから、仕事はなさらないが随分勉強はしておられると思って。赤本なら鍵のかかるところにしまって帰らなくちゃならんのに出しっぱなしで帰るんですね、この課長は。ある日おそるおそる我々で開いてみたら全部『半七捕物帳』でしたけどね。この中佐が、たくさんはないがジョニーウォーカーを飲ませてやるから一日早いが年越しをやろうと、飲ませてくださった。その時、何かの機会があったら聞いてみようと思っていたので「課長、この戦いは今後どうなるんでしょうね」と尋ねましたら「海軍にはもう少しまともな人間もいるんだが、嶋田がまるきり東條の副官だから、どうにもなるもんか」と、ハッキリ負けると聞こえることを言うんです。これは変な人がいるなと、まぁ賛成ですとも言えないので、聞いていたら「ときに、おまえは正月に故郷に帰らないのか?」と言うんですね。ところが、規則が厳しかったので大晦日に掃除して退庁し一月二日には出勤できる日程がたてられるんなら、帰省願いを出してもよいということだった。

こんにちのようにジェット機もないので、夜汽車ですが、西は姫路が限度であったので広島の私は帰れない。規定の時間に戻れなかったならえらいことになる。その理由を申し上げて「せっかくですが、私は帰省しないことにしています」「ふーん、君は明日から風邪をひくか?」。私はビックリして「はっ?」。私は風邪をひくことにしようかと思った、ところが名古屋に帰る親しい友達がいて、その人が家に帰りたいと思っていて元旦の宿直を引受けてくれないかと。私は「いいよ、広島へは帰れないんだから、元旦に出てきてやるよ」と引受けた。そのことも申し上げて「せっかくではありますが、これこれで元旦の当直を引受けておりますので風邪はひけません」「ふーん、そんなもの熱が高かったら仕方がないじゃないか」なんて言うんですね。アメリカ班というのは夜中じゅう電報を打っていて、主に潜水艦から電報が入ってくるのだが、中国相手は夜はのんびり静かなので、そこで友人に電話をかけて、こんにちより鉄道の事情は苦しいですから、いくらすいていても三等に乗ることは許されないので二等寝台に乗らなくちゃいけない。二等の特急券と寝台券を取れるかというのを、鉄道にコネのある同期生友人に電話をかけるんだが庶務課の下士官に聞かれてはまずいわけです。それをドイツ語を使ったりモールス符号を使ったりして、うちにいる友人を納得させるのは難しいんだが、やっと納得してもらって、なんとか父親に頼んでみるよというわけで、そして席にかえってきまして「クラスメイトに特急券をとってもらえたら風邪をひかせてもらいます」と。「あのやり方は何だ? モールス符号なんて下士官の方がずっとうまい。君は諜報士官として落第だな」と言われました。さんざん叱られて、それでも三十日の昼頃に、本当は三時に帰るんですけども、失礼することにして「課長、熱が高いので早退させていただきます」。それからゆっくりと広島へ帰って、餅を食って、おやじとおふくろのところで過ごして、そして帰ってきて「課長、風邪が治りました」と言うと「おう」、それだけでしたけれども。この人はフィリピン・レイテ沖海戦の時の航空母艦瑞鳳《ずいほう》の副長として戦死されました。この人のことは、いろいろと印象に残っていますけど「海軍にはもう少しましな人間もいるのだが」と言い、この戦いは負けるよというのを暗に示されたのが、やはり若い時代の私達には非常に印象に残っています。戦争末期のもうダメになりつつあった海軍だけれども、こういう気風があるのだなということを感じた一つでした。

陛下に対しても、今の陛下は摂政の宮のころから、いろんな軍艦で特に長門が多かったが、警護の必要がないお体ということもあるのでしょうが樺太へ行かれたり、瀬戸内海を巡航されたり、わりにお好きだったようで、軍艦の旅をしておられました。そういう時には記念写真帳がございまして一番キチンとお行儀よく座っていらっしゃるのが、天皇さんです。それは長門の後甲板で、当時から相撲がお好きで、兵隊の相撲をご覧になっている写真なんですが、鈴木貫太郎大将なんか、終戦の時の総理で、こうやって足組んで見ているわけなんですね。後ろを向いているのもいるし、しゃべっているのもいるし、誰もコチコチになっていない。天皇が一番キチンとしていた。陸軍の悪口をあえて言うと、天皇絶対と言ってコチンコチンに不動の姿勢をとっていながら、陛下の御意志をことごとくないがしろにしたのが、私は陸軍の上層部ではなかったかと思います。わりと平気に「天ちゃん」なんて海軍士官が言っていましたからね。生き神様だと思えと言ったって、狭い軍艦の中で「ぼくはタバコは喫《す》わないから」なんて陛下が言われるのを聞いていると、現人神と思えと言われても思えないですよ。

それからイギリス人、アメリカ人に対する考えかたも、そうです。今日では、猫もしゃくしも農協も海外旅行へ出ますけれども、昭和二十年以前の日本で、西洋の旅をしてくることのできるのは、よほど恵まれた階級の特殊な人たちだけでありまして、まして十九や二十の青年でそういうことができるっていうのは、これは海軍の兵学校を卒業した者だけに与えられた特権だったんです。ここで何か見てくるというのはやっぱり大きいですね。非常に、それこそ心身ともにフレキシブルなものを頭の柔らかい時代に見てくるというのは大きいんで、もちろん反応はさまざまでありましてね。維新の攘夷の志士みたいになって帰ってくるものもいるわけですよ。「東亜の国を見てみろ。どこも皆、白人の植民地だ。いずれ、あいつらと一戦交えて」なんていうようになって帰ってくるものもいるし、それから、あちらですっかりかぶれて、英国好きか仏国好きかになって帰ってくるのもいて、いろいろなんですけれどもね。

例えば、これはだいぶ前の震災の年の兵学校五十一期の遠洋航海ですが、米内光政大将が軍艦磐手の艦長で行かれた。この時、現代のネルソンと言われたアドミラル・ジェリコ、ジュットランド沖海戦で戦った英国の提督ですが、この人がニュージーランド総督になってウェリントンにいた。ウェリントンに、こっちの練習艦隊が入港するわけです。そうすると全候補生をアドミラル・ジェリコが官邸に招いてくれて、ひとりひとり握手してそして「あなたたちをロイヤルネイビーの士官候補生と同じに思って一場のスピーチを申し上げる」と言って、伝統というものの重みがどのくらい大切であるかということを話してくれたんだそうです。その握手の感触が、みんな若い時だから、戦史を勉強して尊敬している提督からシッカリ手を握られて、それで帰ってきて二十年もたってですけど、自分達が大佐クラスになった時、戦さが起こって日本中あげて「鬼畜米英」と言ったって、鬼畜と思えないですよ、手を握ってきた人を。そういう違いはあったと思います。やっぱり視野の広さっていうか、物を見る目の柔らかさっていうのはあったろうと思います。

井上成美　最後の海軍大将の兵学校長時代

そういう意味で、自分の著書に書いたことで宣伝めいて話しにくいんですけど、日本の海軍の中でも際立って、やはりそういう精神的価値とか、そういう物の見方というものを強調し、重んじなくてはいけないということを言ったのが、井上セイビ大将、正しくは井上シゲヨシですけどね、最後の海軍大将、井上成美大将であろうかと思います。この人は開戦を内南洋トラック島のボロ艦隊の旗艦香取で迎えまして、真珠湾大成功のニュース

――我々、少し白髪まじりとか地はだの目立つ年齢にある者は、みんな当時興奮したものでありますが――、通信参謀があのニュースというか、暗号で入ってきた電報を解いて、翻訳して読んで、すぐ長官に届けにいって「長官、これこれのとおりでございます。戦果が入りました。おめでとうございます」と言ったら、いきなり「ばかもの」と言われたというんです。ばかものから、あとは個人的なことになって、どういう意味でばかものと言われたのかわからないんですけど、目を見据えて「このばかもの」と言ったという人なんですから、あとは推して知るべしなんです。この人は戦争中、本当は中央に帰るべき人材だったんですけれども、今、井上を東京に持ってきたら何を言い出すかわからんっていうことで、江田島の海軍兵学校長へ昭和十七年の秋に赴任してくるわけでございます。

もしかして私の著作をお読みくださっている人があったら、話が重複になりますが、当時、戦争中の兵学校ですから非常に人数がふくれあがっておりまして、ひとりひとりの生徒に校長が親しく接して顔を見、名前を覚え、そして話をするというわけにはいかないけれど、朝礼の時、壇上に立って、こうやって見ていると、あの当時の映画とか写真集とかご承知の方もあるでしょう。それはもう実にきれいなものですよ、白いズボンがザッザッと一糸乱れずでしてね。日本の教育のメッカみたいに言われて、各都道府県から教育視察団が来るし、撮影隊が来るし、大変だったんです、当時の江田島と言ったら。みんな感心して帰っていくんですが、井上校長ひとりだけ、みんなが感心するところが感心できないって言うんです。セレモニーが多すぎる、規律が多すぎる。菊の御紋章が生徒館についていますが、場合によっては横から駆け足で教室へ入っていいものを、いちいち表へ回ってパアーッと不動の姿勢をとって、それから駆け足で入っていく。それから、駆け足もですね、団体行動をとるときの駆け足というんならわかるけど、ひとりで歩く時にも大きくももをあげて駆け足。どうして、ああいうコチンコチンの陸軍みたいなことをさせるのか。彼は、張り切りすぎっていうのが嫌いなんだっていうわけですね。

それから教官研究会っていうものをつくりまして、そこでいろんな、つまり教育改革、井上さんに言わせれば、教育非改革なんです。それこそ、さっき満洲事変以前はいい伝統があった、生きてたっていうんですが、その良き時代の海軍に戻せっていうわけで、井上さんがやったことがたくさんあるんでございますが、時間の許す範囲で申し上げますと、今も行ってご覧になるとわかりますけど、参考館という当時は非常に神聖な場所にされていた、あのギリシャ建築を模したような大きな石造の建築があって、明治維新、日清日露の戦争からの先輩の偉勲《いくん》を語る遺品とか、参考品とかを安置してある神聖な場所とされていたところにですね、明治初年の西郷従道から歴代海軍大将の写真がずっと飾ってある。これらは伝統としてずっと飾ってある。井上さんが、あれはもう全部降ろせって言う。あの中に少なからぬ数、日本を今日の状況に陥れた、自分に言わせれば、国賊と言えるような海軍大将がおる。国賊の写真を若い生徒達に仰ぎ見させて敬礼させるわけにはいかない。

教務課の方が仕方がないから、「校長のご意向で、今日大戦争の最中、生徒が大臣大将を夢見る出世主義にとりつかれるといかんので降ろせと言われまして、降ろしました」っていうんです。自分の母校が評判ですからね、予備役、退役あるいは現役の海軍大将がちょいちょい来るんですよ。来て、自分の写真が飾ってあるのを見て、生徒に一場の訓話でもして、いい気分になって帰りたいところなんだけど、来てみると写真が降ろしてある。国賊と言われているとは知らないから「どうしたのかな」と言うと、立身出世主義になるといかんから降ろした、一場のスピーチの方はていねいに願い下げ。

それから教室を見て回って、するとね、あの海軍兵学校の生徒は金語楼が慰問にきても笑わないっていう説があって、そんなバカなことはないっていうわけですね。生徒たちの目つきを見ておると、新入生が何かに脅えたような、追い立てられるような不安気な、あれでは前科三犯の面構えだ。上級生の方で何かにつかれたような三角につりあがった狐つきの目をしておる。これは改めなければいかん。それには教官にお願いしたいんだけど、戦争の話をするのは、校長の権限によって禁止する。昭和十八年から十九年にかけての措置ですよ。それからもう一つ、詰め込みの学科が多すぎる。本当の教養というものは、午前中教室で習ったことが午後テニスなり水泳なりをして、自分の好きなスポーツなり遊戯なりをやって楽しく遊ぶうちに意識の深いところに降りていって本当に自分のものになるんだと。それを午前も午後も詰めこみ詰めこみでやっていては本当の肥しにならない。授業時間をもっと減らして、遊ぶ時間を増やしてやったらどうかと。これはね、言ってることはユーモアを大事にしろということ、物事をフレキシブルに見る習慣を身につけろっていうことと、遊びがいかに大事かっていうことです。

まぁそれについても文章に残る形で解説しておりますが、この兵学校というのは英国のパブリックスクールに範をとった学校であって、夏休暇、正月休暇のような場合をのぞいて、生徒は二十四時間ここで暮らしておる。さすれば生徒にとって、ここはホームでなくてはならん。ホームでの生活にはやはり一日のそれぞれのリズムがなくてはいけない。人間二十四時間四六時中張り切り放しに張り切っていられるものではない。そんなことはできるものでもないし、したって何のいい効果も得られない。それには、やはり遊びと笑いとゆとりがなくてはいかん。それを生徒に十分に与えてやってほしいということを要望するわけです。これもやっぱり通りにくいんですね、いくら校長の鶴の一声でも。大体ね、日本、こんにちでも私は通りにくい面があるんじゃないかと思います。それはまぁ江田島の兵学校そのものがそのままの形で残っていませんから、今の海上自衛隊術科学校がどうかわかりませんけれども、もっと範囲を広めて日本の社会全体でも、例えば永田町の国会でも通りにくいと思う。

国家百年の計に立つ人材を育成すべしと

話が横道に入りますけれども、英国もやっぱり悪い面をたくさんもってますよ、そうでなきゃあんなに衰えた国になるはずもない。どっちが勝ったんだか、本当に不愉快だろうと思いますけれどね。だけども今日の生きている英国の良い面っていうのは、やはり物事をフレキシブルに見るっていうか、すぐカッとなったりしないで、ゆとりのある物の考えかたができるかっていうことで、この海軍の伝統と気風とは全然関係のないエピソードですが、何かの本で読んだのをご紹介しましょう。イングランドとスコットランドはご承知のとおり、わりに近年まで全然別の国で、同じグレート・ブリテン・オブ・ユナイテッド・キングダムになったって、やっぱり反目意識が非常に強いらしいですね。で、あるときロンドンの議会で英国出身の議員がスコットランドを侮蔑する演説をやって、物議をかもしました。どういうことを言ったかというと、イングランドでは、燕麦《えんばく》というのは多分オートミールだろうと思うんですが、馬の食っている燕麦をスコットランドでは人間が食ってると言って、スコットランド人をバカにしたんだそうです。これを永田町でやったら大変じゃないですか、あくる日の朝日新聞は。懲罰問題ですよ。ところが、その時、ロンドンの Parliament（議会）で何が起こったかっていうと、すぐスコットランド出身議員が反対演説に立ったんだそうです。「お説のとおりである。だからこそスコットランドの人間が優秀で、イングランドの馬が優秀なんだ」と言ったそうです。

この反応の仕方をまねしたって仕方ないんだけど、この反応の仕方を私どもは総理大臣から議員さんに至るまで、もう少し身につける必要があるように思います。それを別の形ですけれども戦争中の兵学校というところで口をすっぱくして言ったのが井上さんなんですね。それから、英語の廃止ということも結局廃止させなかった。時の流れというのは非常に強いものがありますから、その時流、特にジャーナリズムがつくりあげる時流というのは抗しがたいものがある。それに巻き込まれて流されてしまうと楽なんですから、一つのスローガンを言って「敵性国語を廃止、天の声、民の声、英語を勉強するのをやめましょう」って言っていればいいんです。目先のことだけ考えていれば、それでいいんですよ。それに反対すると非国民ということになる。非常な迫害を受けるか、場合によっては命が危いようなことが起こりえた時代で、今でも違う形で、そういうことがあれば起こりうると思います。

兵学校にも英語廃止の波がおそってきまして、入学試験にも英語を課しているんですが、陸軍士官学校は昭和十五年から入学試験に英語を廃止しまして、これは英語をばかにしたというよりも、ロシア語、ドイツ語を大切にする校風があったからですけれども、はやくから英語を入学試験から廃止した。江田島も天の声、民の声に合わせて、せめて入学試験の英語は廃止する。それから授業時間も、あんなにたくさん英語にさくことはない。英語はやめたらどうか、と。その余った時間で生徒たちに必要な軍事学を早く仕込んで一日もすみやかに第一線の初級士官として立派な働きをさせてやりたい、という声が教官の圧倒的多数をしめましてね、教務主任か誰かが井上さんにお伺いをたてたんでしょう。「ご覧のとおりですが、この多数決をもって英語廃止を決めてよろしいですか」と。そしたら井上さんが、それまで黙って聞いていたのが「よろしくない」と言ったそうです。

「理由は今から申し述べる。どこの国の海軍に他国語の一つや二つ話せない海軍兵科将校があるか。例えば英国、アメリカのネイビーオフィサーならフランス語とスペイン語くらいは当然勉強してなくちゃならない。

日本の海軍士官にとっては、少なくとも英語一国語、これは必須にして逸すべからざる技術であり、学問である。今、米相手の大戦争の最中であるから、不要不急の英語のような時間は廃止して余った時間を直接戦さに必要な勉強の時間にあてて、生徒を一時も早く前線に送り出して初級士官として育て上げてやりたいというのは、一見もっともな意見のようであるけれども、私に言わせれば俗耳に入りやすい俗論であって、私の考えは全く違う。もし目先の戦さにすぐ役立つ人間をつくりたいのなら、海軍には海軍砲術学校とか海軍潜水学校とか海軍機雷学校とか、それぞれ専門の技術を教える、いわゆる術科学校がある。これだけ残して、よろしく海軍兵学校そのものを廃止すべきである。この戦争中にもかかわらず海軍兵学校を存続させるゆえんのもの、海軍兵学校伝統の教育の眼目は、しからば何にあるかと言えば、目先の戦さに役に立つ人間をつくるのではない。二十年後、三十年後の日本にとって必要な大木に成長すべき人材のポテンシャルをもたらしめようと。社会に出て目先の用にすぐ役立つ人間を育てる教育は、いわゆる丁稚《でっち》教育であって、丁稚の教育をうけたものは、その場その場の実務は上手にやれるかもしれないけれども、情勢に大きな変化が起こった時に自らの決断と判断によってこれに対処していくことはできない。我々は国家百年の計を思うならば今日迂遠な道のように思っても、仮にも英語の学習を廃止するというのは断じてやってはいかん。もし、そういう近視眼的な措置をとれば必ずや将来、歴史家から〝日本の海軍はいいところもあったけれども、あの頃は一握りのWARmonger どもに支配されて非常に視野の狭い、程度の低いものになりさがっていた〟という評価を受けるだろう」と言って壇を降りてしまった。

　校長の一言ですし、軍の学校ですから、それは守らなきゃならないんだけれども、だいぶ〝校長は国賊か〟という声があがったそうでございますが。この井上さんという人は、おもしろくもおかしくもないんですよね。自分は芸者遊びするでなし、酒は飲まない、たばこは喫うんだけど賭け事はしない。五十六さんとはおよそ違ってユーモアどころかニコリともしない人なんですが、その人がユーモアの価値とか、笑いの大切さとか、遊びの大切さとかいうことを言ったというのは、初めに杉田主馬さんという文官の話をしましたけど、その人たちが認めていた、良き時代の海軍の良き伝統と気風を残してたんだと思います。

あちこちから拾ってきた材料がまだ頭の中にありまして、お話しすればあるんですけど、海軍というものは時間をキチンとしないと叱られるところでして、すでに一分超過しておりますので、これをもって、尻切れトンボのようでございますが、私の話を終わることにさせていただきます。

（一九八七年一〇月一四日）

海軍こぼれ話　「週刊宝石」（光文社）一九八三年一一月四日号～八四年一一月九日号

一九八五年三月　光文社

一九九〇年一〇月　光文社知恵の森文庫

日本海軍の伝統と気風

「火力原子力発電」（火力原子力発電技術協会）一九八八年三月号

編集付記

一、本書は『海軍こぼれ話』（一九九〇年一〇月　光文社知恵の森文庫）に、講演録「日本海軍の伝統と気風」（「火力原子力発電」一九八八年三月号掲載）を増補したものである。

一、底本中、明らかな誤植と考えられる箇所は訂正し、難読と思われる語には新たにルビを付した。ただし、本文中の人物の地位や所属、地名などは刊行時のままとした。

一、本文中、今日の人権意識に照らして不適切な語句や表現が見受けられるが、著者が故人であること、執筆当時の時代背景と作品の文化的価値に鑑みて、底本のままとした。

中公文庫

海軍《かいぐん》こぼれ話《ばなし》

2023年 5 月25日　初版発行

著　者　阿《あ》川《がわ》弘《ひろ》之《ゆき》

発行者　安部順一

発行所　中央公論新社
〒100-8152　東京都千代田区大手町1-7-1
電話　販売 03-5299-1730　編集 03-5299-1890
URL https://www.chuko.co.jp/

ＤＴＰ　嵐下英治
印　刷　三晃印刷
製　本　小泉製本

Published by CHUOKORON-SHINSHA, INC.
Printed in Japan　ISBN978-4-12-207361-6 C1195

定価はカバーに表示してあります。落丁本・乱丁本はお手数ですが小社販売部宛お送り下さい。送料小社負担にてお取り替えいたします。

各書目の下段の数字はISBNコードです。978－4－12が省略してあります。

中公文庫既刊より

あ-13-4 **お早く御乗車ねがいます** 阿川弘之

にせ車掌体験記、日米汽車くらべなど、日本のみならず世界中の鉄道に詳しい著者が昭和三三年に刊行した鉄道エッセイ集が初の文庫化。〈解説〉関川夏央

205537-7

あ-13-5 **空旅・船旅・汽車の旅** 阿川弘之

鉄道のみならず、自動車・飛行機・船と、乗り物全般に並々ならぬ好奇心を燃やす著者。高度成長期前夜の交通文化が生き生きとした筆致で甦る。〈解説〉関川夏央

206053-1

あ-13-6 **食味風々録** 阿川弘之

生まれて初めて食べたチーズ、向田邦子との美味談義、海軍時代の食事話など、多彩な料理と交友を綴る、自叙伝的食随筆。〈巻末対談〉阿川佐和子〈解説〉奥本大三郎

206156-9

あ-13-8 **完全版 南蛮阿房列車（上）** 阿川弘之

北杜夫ら珍友・奇人を道連れに、異国の鉄道を乗りまくる。ユーモアと臨場感が満載の鉄道紀行。上巻は「欧州畸人特急」から「最終オリエント急行」までの十篇。

206519-2

あ-13-9 **完全版 南蛮阿房列車（下）** 阿川弘之

ただ汽車に乗るためだけに、世界の隅々まで出かけた紀行文学の名作。下巻は「カンガルー阿房列車」から「ピラミッド阿房列車」までの十篇。〈解説〉関川夏央

206520-8

あ-60-1 **トゲトゲの気持** 阿川佐和子

襲いくる加齢現象を嘆き、世の不条理に物申し、女友達と笑って泣いて、時には深ーく自己反省。アガワの真実は女の本音。笑いジワ必至の痛快エッセイ。

204760-0

あ-60-2 **空耳アワワ** 阿川佐和子

喜喜怒楽楽、ときどき哀。オンナの現実胸に秘め、懲りないアガワが今日も行く！　読めば吹き出す痛快無比の「ごめんあそばせ」エッセイ。

205003-7

あ-60-3
いい女、ふだんブッ散らかしており
阿川佐和子
父の葬式、認知症の母の介護、そして還暦過ぎての結婚……。自らにじわじわ迫りくる「小さな老い」を蹴散らして、挑戦し続ける怒濤の日々を綴るエッセイ。
207162-9

あ-60-4
老人初心者の覚悟
阿川佐和子
老化とは順応することである！ 六十五歳、「高齢者」の仲間入りをしてからの踏んだり蹴ったりを、ときに強気に、ときに弱気に綴る、必笑エッセイ第二弾。
207317-3

あ-1-1
アーロン収容所
会田雄次
ビルマ英軍収容所に強制労働の日々を送った歴史家の鋭利な観察と筆。西欧観を一変させ、今日の日本人論ブームを誘発させた名著。〈解説〉村上兵衛
200046-9

い-13-5
生きている兵隊（伏字復元版）
石川達三
戦時の兵士のすがたと心理を生々しく描き、そのリアリティ故に伏字とされ発表された、戦争文学の傑作。伏字部分に傍線をつけた、完全復刻版。
203457-0

い-41-3
ある昭和史 自分史の試み
色川大吉
十五年戦争を主軸に、国民体験の重みをふまえつつ昭和という時代を鋭い視角から描き切り、「自分史」のさきがけとなった異色の同時代史。毎日出版文化賞受賞作。
205420-2

い-65-2
軍国日本の興亡 日清戦争から日中戦争へ
猪木正道
日清・日露戦争に勝利した日本は軍国主義化し、国際的に孤立した。軍部の独走を許し国家の自爆に至った経緯を詳説する。著者の回想「軍国日本に生きる」を併録。
207013-4

い-103-1
ぼくもいくさに征くのだけれど 竹内浩三の詩と死
稲泉連
映画監督を夢見つつ23歳で戦死した若者が残した詩は、戦後に蘇り、人々の胸を打った。25歳の著者が、戦場で死ぬことの意味を見つめた大宅壮一ノンフィクション賞受賞作。
204886-7

い-108-6
昭和16年夏の敗戦 新版
猪瀬直樹
日米開戦前、総力戦研究所の精鋭たちが出した結論は「日本必敗」。それでも開戦に至った過程を描き、日本的組織の構造的欠陥を衝く。〈巻末対談〉石破茂
206892-6

各書目の下段の数字はＩＳＢＮコードです。978－4－12が省略してあります。

い-108-7
昭和23年冬の暗号
猪瀬直樹
東條英機はなぜ未来の「天皇誕生日」に処刑されたのか。敗戦国日本の真実に迫る『昭和16年夏の敗戦』完結篇。新たに書き下ろし論考を収録。〈解説〉梯久美子
207074-5

い-130-1
幽囚回顧録
今村均
部下と命運を共にしたいと南方の刑務所に戻った「聖将」が、理不尽な裁判に抵抗しながら、太平洋戦争を顧みる。巻末に伊藤正徳によるエッセイを収録。
206690-8

い-131-1
真珠湾までの経緯　海軍軍務局大佐が語る開戦の真相
石川信吾
太平洋戦争へのシナリオを描いたとされる海軍軍人が語る日米開戦秘話。日独伊三国同盟を支持し対米強硬を貫いた背景を検証。初文庫化。〈解説〉戸高一成
206795-0

お-2-13
レイテ戦記（一）
大岡昇平
太平洋戦争の天王山・レイテ島での死闘を再現した戦記文学の金字塔。巻末に講演「『レイテ戦記』の意図」を付す。毎日芸術賞受賞。〈解説〉大江健三郎
206576-5

お-2-14
レイテ戦記（二）
大岡昇平
リモン峠で戦った第一師団の歩兵は、日本の歴史自身と戦っていたのである――インタビュー「『レイテ戦記』を語る」を収録。〈解説〉加賀乙彦
206580-2

お-2-15
レイテ戦記（三）
大岡昇平
マッカーサー大将がレイテ戦終結を宣言後も、徹底抗戦を続ける日本軍。大西巨人との対談「戦争・文学・人間」を巻末に新収録。〈解説〉菅野昭正
206595-6

お-2-16
レイテ戦記（四）
大岡昇平
太平洋戦争最悪の戦場を鎮魂の祈りを込め描く著者渾身の巨篇。巻末に「連載後記」、エッセイ「『レイテ戦記』を直す」を新たに付す。〈解説〉加藤陽子
206610-6

お-19-2
岡田啓介回顧録
岡田啓介
岡田貞寛 編
日清・日露戦争に従軍し、条約派として軍縮を推進、二・二六事件で襲撃され、戦争末期に和平工作に従事した海軍高官が語る大日本帝国の興亡。〈解説〉戸高一成
206074-6

お-98-1
統帥乱れて 北部仏印進駐事件の回想
大井　篤
北部仏印への武力進駐強行を企てる現地陸軍と、絶対反対の遣支艦隊司令部の確執を綴る迫真の記録。半藤一利による著者インタビューを付す。〈解説〉大木　毅
207227-5

く-30-1
ラバウル戦線異状なし 現地司令長官の回想
草鹿任一
激戦下の南太平洋において落日無援の孤城を守り抜き、自給自足で武器と食糧を調達、最後まで航空戦を指揮した名将の回顧録。初文庫化。〈解説〉戸高一成
207126-1

く-31-1
連合艦隊 参謀長の回想
草鹿龍之介
航空戦の時代を予見、参謀長として真珠湾、ミッドウェー、南太平洋海戦、あ号作戦を指導、艦橋内の確執を入り混ぜ奮戦と壊滅の真相を描く。〈解説〉戸高一成
207137-7

た-7-2
敗戦日記
高見　順
〝最後の文士〟として昭和という時代を見つめ続けた著者の戦時中の記録。日記文学の最高峰であり昭和史の一級資料。昭和二十年の元日から大晦日までを収録。
204560-6

た-73-1
沖縄の島守 内務官僚かく戦えり
田村洋三
四人に一人が死んだ沖縄戦。県民の犠牲を最小限に止めるべく命がけで戦い殉職し、今もなお「島守の神」として尊敬される二人の官僚がいた。〈解説〉湯川　豊
204714-3

と-2-2
時代の一面 東郷茂徳　大戦外交の手記
東郷茂徳
開戦・終戦時に外務大臣を二度務め、開戦阻止や戦争終結に尽力。両大戦にわたり直接見聞、関与した事件・諸問題等について克明に綴る第一級の外交記録。〈解説〉東郷茂彦
207090-5

と-28-1
夢声戦争日記 抄 敗戦の記
徳川夢声
活動写真弁士を皮切りに漫談家、俳優としてテレビ・ラジオで活躍したマルチ人間、徳川夢声が太平洋戦争中に綴った貴重な日録。〈解説〉水木しげる
203921-6

と-28-2
夢声戦中日記
徳川夢声
花形弁士から映画俳優に転じ、子役時代の高峰秀子らと共演した名優が、真珠湾攻撃から東京大空襲に到る三年半の日々を克明に綴った記録。〈解説〉濵田研吾
206154-5

各書目の下段の数字はISBNコードです。978－4－12が省略してあります。

の-3-13
戦争童話集
野坂昭如
戦後を放浪しつづける著者が、戦争の悲惨な極限に生まれえた非現実の愛とその終わりを「八月十五日」に集約して描く、万人のための、鎮魂の童話集。
204165-3

の-3-15
新編「終戦日記」を読む
野坂昭如
空襲、原爆、玉音放送……あの夏の日、日本人は何を思ったか。文人・政治家の日記を渉猟し、自らの体験を綴る。戦争随筆十三篇を増補。〈解説〉村上玄一
206910-7

の-16-1
慟哭の海　戦艦大和死闘の記録
能村次郎
世界最強を誇った帝国海軍の軍艦は、太平洋戦争を通じてわずか二度目の出撃で轟沈した。生還した大和副長が生々しく綴った手記。〈解説〉戸高一成
206400-3

の-20-1
潜艦U-511号の運命　秘録・日独伊協同作戦
野村直邦
戦時中ベルリンで三国同盟の軍事委員を務め、Uボートの日本回航を担った著者が枢軸国側から描く迫真の戦争秘史。私家版の自叙伝を増補。〈解説〉大木　毅
207326-5

ほ-1-1
陸軍省軍務局と日米開戦
保阪正康
選択は一つ――大陸撤兵か対米英戦争か。東条内閣成立から開戦に至る二カ月間を、陸軍の政治的中枢である軍務局首脳の動向を通して克明に追求する。
201625-5

ほ-1-18
昭和史の大河を往く5　最強師団の宿命
保阪正康
屯田兵を母体とし、日露戦争から太平洋戦争まで、常に危険な地域へ派兵されてきた旭川第七師団の歴史を俯瞰し、大本営参謀本部の戦略の欠如を明らかにする。
205994-8

ま-53-1
月白《つきしろ》の道　戦争散文集
丸山　豊
ビルマ戦線から奇跡的に生還した軍医詩人が綴る〝白骨街道〟泥濘二〇〇〇キロの敗走。詩情香る戦記文学の白眉。谷川雁、野呂邦暢、川崎洋らの寄稿を収録。
207091-2

や-59-1
沖縄決戦　高級参謀の手記
八原博通
戦没者は軍人・民間人合わせて約20万人。壮絶な沖縄戦の全貌を、第三十二軍司令部唯一の生き残りである著者が余さず綴った渾身の記録。〈解説〉戸部良一
206118-7